Will Helmson

POWER

www.tredition.de

© 2017 Will Helmson

Verlag: tredition GmbH, Hamburg

ISBN
Paperback: 978-3-7439-0657-0
e-Book: 978-3-7439-0659-4

Printed in Germany

autorwh@gmail.com
www.wort-spiel.guru
facebook: Will Helmson

1. Kapitel

Hamburg, Montag, den 11. Juli 2016

Frank lief noch einige Schritte und blieb dann stehen. Er versteckte sich hinter einer großen Werbetafel, die das aktuelle Tagesangebot bei Starbuck's anpries. "Großer Apfelkuchen mit Sahne für nur € 2,35" Aber dafür hatte Frank keinen Blick.

Hektisch schaute er sich um. Er konnte nichts Verdächtiges sehen. Doch das beruhigte ihn nicht. Er wusste, dass sie ihn verfolgten. Nachdem er vom Rathausmarkt aus rechts um die Ecke gebogen war, war er die letzten Meter bis hier gelaufen und musste sich nun ausruhen.

Es war schon bitter. Nun hatte er endlich eine große Story vor Augen, doch es war ganz anders gelaufen, als er sich das immer erhofft hatte. Er hatte keinen Blick für das schöne

Wetter hier in Hamburg. Die Sonne schien, die Menschen gingen gut gelaunt über den Rathausmarkt entweder Richtung Jungfernstieg und Alster oder Richtung Mönckebergstrasse und Hauptbahnhof um ihr Geld in den Läden zu lassen. Auf den Treppen, die vom Rathausmarkt zum Alsterfleet hinab führten, saßen nicht nur Menschen, die sich sonnten, auch die ersten für Hamburg berühmten Schwäne konnte man dort sehen. Auch im Wasser schwammen einige Enten und Schwäne. Doch leider war Frank dies alles egal. Er musste sich in Sicherheit bringen. Man legt sich nun mal nicht mit den falschen Leuten an. Verzweifelt schüttelte er seinen Kopf.

"Verdammt!" rief er mehr zu sich selbst, ging vorsichtig weiter und bog rechts um die Ecke den Reesendamm entlang. Von hier aus konnte er bereits den Jungfernstieg und die Binnenalster sehen. Immer wieder sah er sich um, doch er konnte Niemanden entdecken. Was sollte er jetzt machen? Wer konnte ihm helfen? Da kam ihm eine verrückte, aber in seinen Augen passende Idee. Er sah sich um. Schließlich fiel sein Blick auf einen Mann

Anfang dreißig, der vor ihm langsam entlang ging. Frank folgte ihm. Der Mann trug ein grünes T-Shirt, auf dem Kopf eine blaue Schirmmütze mit der Aufschrift "CSI" und eine kurze, braune Hose. An den Füßen trug er Sandalen und in seiner rechten Hand hielt er einen blauen Stoffbeutel. Der schwarze Rucksack auf seinem Rücken sah prall gefüllt aus. Unauffällig folgte Frank dem Mann und bog mit ihm rechts um die Ecke Richtung Bergstrasse. Vor dem Burger Restaurant "Jim Block" blieb der Mann stehen. Er sah sich die Speisekarte an. Diese Gelegenheit nutze Frank, näherte sich ihm vorsichtig und tat so, als würde er auch die Speisekarte studieren. Blitzschnell und unbemerkt ließ Frank einen USB-Stick in den Stoffbeutel fallen, der ein wenig geöffnet war. Danach ging Frank weiter um den Ballindamm zu erreichen. Er wollte gerade die grüne Ampel überqueren als plötzlich ein dunkler Wagen mit Vollgas auf ihn zuraste, ihn frontal erwischte und hoch über die Straße schleuderte. Als er auf den Asphalt aufschlug, war Frank bereits tot. Das Auto gab noch einmal Gas und fuhr die

Bergstrasse entlang bis es um die Ecke verschwand.

Markus hörte laute Schreie und fuhr zusammen. Gerade eben noch ging er die Speisekarte von 'Jim Block' auf der Suche nach einem leckeren Burger durch, und plötzlich war alles anders. Er drehte sich um und hörte ein lautes Quietschen. Reifen drehten durch, ein Auto fuhr schnell an und verschwand.

Als Markus in die Richtung schaute, aus der er die Schreie und das laute Quietschen gehört hatte, sah er in ca. fünf Metern Entfernung einen Mann auf der Straße liegen. Er rührte sich nicht mehr, eine Blutlache bildete sich um seinen Kopf. Hastig liefen einige Menschen zu ihm und wollten ihm helfen. Doch es war zu spät. Es bildete sich schnell ein kleiner Pulk um den am Boden liegenden Mann und Markus konnte einige Frauen sehen, die ihre Köpfe schüttelten und sich die Hände vor das Gesicht hielten. Einige hatten bereits ihr Smartphone gezückt und die Polizei und den Rettungswagen angerufen. Natürlich mussten auch ein paar Schaulustige mit ihren Smartphone das Unfallopfer filmen und ins Internet stellen. Markus war geschockt. Was sollte er jetzt tun? Hier warten und Fragen der Polizei beantworten? Nein, er hatte doch gar nichts gesehen. Da waren andere, die viel mehr gesehen hatten und der Polizei besser helfen konnten Also entschied er, nicht zu bleiben und weiter zu gehen. Sein Hunger war ihm vergangen. Dieser schreckliche Unfall hatte sich wohl auf seinen Magen geschlagen. Daher packte er seinen blauen Stoffbeutel fester und ging Richtung Hauptbahnhof. Er hatte sich seinen ersten Urlaubstag auch anders vorgestellt!

Als Markus seine Wohnungstür aufschloss, ging er direkt in die Küche. Jetzt hatte er allerdings Hunger. Den Schock des Unfalls hatte er zwar noch nicht ganz überwunden, aber sein Magen meldete sich nun ziemlich deutlich. Also holte er sich einen Flammkuchen aus seinem Tiefkühlfach, legte ihn in den Ofen und stellte ihn an. Seinen Rucksack hatte Markus bereits auf dem Boden im Flur abgelegt und seinen blauen Stoffbeutel auf dem Esstisch abgestellt. Nun wollte er mal schauen, was er denn so alles gekauft hatte.

Der Grund für seinen Ausflug in die Hamburger Innenstadt war sein Hobby. Er hatte sich vorgenommen, in diesem Urlaub eine Idee für ein Brettspiel umzusetzen. Wenn man ihn so sah, dann kam man nicht sofort auf den Gedanken, dass er solch eine kreative Ader hatte. Markus hatte den typischen Körper eines Personal-Trainers. Braungebrannt, gut definierte Muskeln an den Armen, den Beinen und dem Oberkörper. Ein perfekt durchtrainierter Körper bei einer Körpergröße von 1,85 Meter. Viele Frauen sahen in ihm den Traummann. Doch das Problem bei ihm war, dass er den Rest des Klischees eines durchtrainierten Muskelpaketes nicht erfüllte. Die Frauen, die ihn auf Grund seines Körpers anziehend fanden, wurden schnell von seinem hellen Geist, seinem großen Interesse an der Geschichte und der Politik sowie von seiner eher legeren und unkomplizierten Grundeinstellung abgestoßen. Diese Frauen wollten nicht mit ihm ins Museum gehen, oder über die Auswirkungen des TTIP-Abkommens zwischen der EU und den USA sprechen. Daher hatte Markus bisher noch keine längere Beziehung als ein Jahr gehabt und war mit seinen 32 Jahren immer noch auf der Suche nach seiner großen Liebe. Allerdings war er kein Kostverächter. Ab und zu gönnte er sich eine kleine Affäre, denn Angebote bekam er genug. Auch einige seiner Kundinnen waren dabei. Es gab viele frustrierte Hausfrauen, die von ihren Männern vernachlässigt wurden. Doch leider war nun mal die Richtige noch nicht dabei gewesen.

Seine Wohnung war im Grunde genommen genauso eingerichtet, wie er sich sein Leben eingerichtet hatte. Zweckmäßig und unkompliziert. Alles war da, wo man es brauchte. Es gab keinen dekorativen Schnickschnack. Die Möbel waren größtenteils von IKEA und aus Holz. Die Küche, in der er sich nun befand, war eine Einbauküche aus Eiche und mit allen Geräten ausgestattet, die man heutzutage benötigte.

Er öffnete den Stoffbeutel und holte seine Einkäufe heraus. Ein kleiner Plastikbeutel mit silbernen und goldenen Münzen aus Hartpappe. Eine Haushaltsschere, seine alte war kaputt. Eine Tube Alleskleber und ein DINA 4 Block mit Tonpapier in verschiedenen Farben. Alles Material und Hilfsmittel, die er benötigte um ein Brettspiel zu erstellen. Eigentlich dachte Markus, dass das alle Einkäufe waren, doch als er den Beutel weglegen wollte, merkte er, dass sich noch etwas darin befinden musste. Er drehte den Beutel auf den Kopf und es fiel etwas heraus auf den Tisch. Markus stutzte. Das war ein USB-Stick. Ein ganz normaler, wie er ihn schon mehrfach selber eingesetzt hatte. Schwarz und glatt. Verwirrt nahm er ihn in seine linke Hand und musterte ihn. Was sollte das denn? Er hatte keinen USB-Stick gekauft. Und seine USB-Sticks waren alle blau. Markus stand auf und ging in sein Arbeitszimmer um zu kontrollieren, ob alle seine USB-Sticks da waren. Einer lag auf seinem Schreibtisch vor seiner Tastatur und die beiden anderen befanden sich wie er es sich gedacht hatte in der obersten Schublade. Also war es definitiv nicht seiner. Aber wieso lag der dann in seinen Stoffbeutel? Und wie kam er da rein?

Wer hat ihn dort reingelegt? Was befand sich auf diesem Datenträger? Markus schüttelte den Kopf. Er war zwar kein Technik-Freak, aber Markus wusste, dass man keine unbekannten Geräte oder Datenträger an seinen PC oder Laptop anschließen sollte. Es konnten sich z.B. Viren darauf befinden und den eigenen PC infizieren. Das bedeutete, wenn er herausfinden wollte, was sich auf den USB-Stick befindet, musste er vorsichtig sein. Er überlegte. Ja, er hatte doch noch einen alten Laptop, den er nicht benötigte, weil er sich vor zwei Jahren einen neuen gekauft hatte. Er schlug mit seiner linken Hand auf seine Schreibtischplatte und sagte: "Ja, den kann ich nehmen."

Also stand Markus auf und ging zum Schrank. Dort lag der Laptop in einem Karton, in dem er altes PC-Zubehör aufbewahrte. Kabel, eine Maus, CDs, eine alte Tastatur und einige andere abgelegte Hardware befanden sich in dem Karton. Und ganz unten fand er den Laptop. Meine Herren, dachte er sich, der ist aber ganz schön schwer. Unglaublich, wie sich die Technik in den letzten Jahren verändert hatte. Dieser Laptop war nur sechs Jahre alt, aber er fühlte sich an, als wäre er aus dem letzten Jahrtausend. Glücklicherweise hatte er bei dem Kauf des neuen Laptops alle wichtigen Daten übertragen und konnte somit den USB -Stick risikolos in den alten Laptop stecken. Also legte er den Laptop auf seinen Schreibtisch, steckte das Netzgerät in die Steckdose und schaltete ihn an.

Nachdem der Laptop endlich hochgefahren war und sich der Desktop aufgebaut hatte, steckte Markus den USB-Stick ein und wartete. Doch bevor er das Start-Fenster des USB-Sticks auf dem Desktop sehen konnte, schreckte er hoch.

"Scheiße. Was stinkt hier so?" fragte er sich. Hektisch sah er sich um und entdeckte die Quelle des Geruchs. Der Ofen! Er hatte den Flammkuchen vergessen!

"Oh, nein!" rief er und eilte zum Ofen. Er nahm ein Geschirrtuch, das am Griff der Ofentür hing und öffnete sie. Sofort quoll Qualm heraus. "Nein!" rief Markus und holte mithilfe eines Topflappens, den er aus der Schublade holte, sein Mittagessen aus dem Ofen. Tja, dann gab es wohl keinen Flammkuchen. Also legte er das verbrannte Stück zum Abkühlen auf die Spüle, schaltete den Ofen aus und öffnete das Fenster, damit der Qualm aus der Küche entweichen konnte. Dann ging er zum Kühlschrank. Ein Blick, und er fand das 500 Gramm Glas des leckeren Erdbeerjoghurts, den er so gerne aß. Dann gab es den eben zu Mittag. Nach dieser kleinen Unterbrechung ging er mit dem Glas und einem Esslöffel in der Hand wieder zu seinem Schreibtisch und setzte sich auf den Stuhl. Er legte das Glas und den Löffel neben dem Laptop ab und sah das Fenster, in dem er sich den Inhalt des USB-Sticks anzeigen lassen konnte. Also klickte er auf die entsprechende Auswahl und wartete gespannt, was er nun wohl sehen würde. Es befanden sich zwei Ordner auf dem Stick. Der eine hieß 'Grundlagen' und der andere trug die Bezeichnung 'spezielle Nachforschungen und Beweise'. Markus runzelte seine Stirn und überlegte. Er fuhr mit der Maus auf den Ordner 'Grundlagen' und klickte ihn doppelt an. Es öffnete sich ein Verzeichnis mit mehreren Dateien, die nach Datum sortiert waren. Das älteste Datum stand an oberster Stelle. Es waren alles pdf's. Markus ging die Namen der einzelnen Dateien von oben nach unten durch. *Das erste Urteil; Das zweite Urteil; Die erfolgreiche Revision; Das unerwartete Urteil*

Diese Bezeichnungen sagten ihm gar nichts. Er vermutete, dass es sich hier um Informationen zu irgendwelchen Verhandlungen und Gerichtsurteilen handeln könnte. Wenn er jetzt schon mal soweit war, dann könnte er sich auch die Dokumente anschauen. Also öffnete er das erste pdf mit dem Namen 'Das erste Urteil'. Es öffnete sich eine DINA 4 große Seite, auf dem mehrere unterschiedlich große Zeitungsartikel zu sehen waren. Am oberen Textrand stand ein handschriftlich nachgetragenes Datum: 12.11.2012. Ein relativ kleiner Bericht befand sich in der Mitte des Blattes, einige andere Artikel waren teilweise neben, über und unter diesem Artikel zu sehen. Man konnte erkennen, dass das Hauptaugenmerk auf diesen kleineren Bericht in der Mitte lag. Er trug die Überschrift **'Die Großen haben gewonnen: 'Blaustrom' ist kein Versorger'** Markus las sich die folgende Meldung durch: *Das Dresdner Amts-*

gericht hat entschieden. Das Hamburger Unternehmen 'Blaustrom' ist kein Versorgungsunternehmen. Geklagt haben fünf Verteilernetzbetriebe und haben jetzt Recht bekommen. Somit darf sich 'Blaustrom ab sofort nicht mehr Versorger nennen. Emma Bardtke

Markus verstand kein Wort von dem Bericht. Aber er entschied sich, das nächste Dokument zu öffnen. Es war wieder ein pdf mit der Bezeichnung: 'Das Zweite Urteil.' Auch hier öffnete sich eine DINA 4 große Seite mit mehreren Zeitungsartikeln. Erneut handschriftlich nachgetragen stand das Datum am rechten Rand. 25.09 2013. In der Mitte befand sich erneut ein relativ kleiner Bericht mit der Überschrift: **'Urteil: 'Blaustrom' muss 10 Millionen Euro zahlen'** Auch hier folgte nur ein kleiner Text: *Die Übertragungsnetzbetreiber und die Bundesnetzagentur haben es geschafft. 'Blaustrom' muß die EEG-Umlage in Höhe von 10 Millionen Euro zahlen. Das Leipziger Amtsgericht entschied in erster Instanz, dass 'Blaustrom' ein Versorger ist und somit die bisher nicht gezahlte EEG-Umlage, die die Versorger an die Netz-*

betreiber zahlen müssen, endlich überweisen muss. Emma Bardtke

Markus schüttelte den Kopf. Was war denn hier los? Neugierig öffnete er das dritte pdf mit der Bezeichnung 'Die erfolgreiche Revision'. Erneut öffnete sich die Seite mit verschiedenen Artikeln. Dieses Mal konnte man allerdings einen Teil des Zeitungskopfes erkennen und den Namen der Zeitung lesen. Auch das Datum war zu sehen: 04.11.2014. Die Zeitung war das Hamburger Abendblatt. Endlich wusste Markus, wo diese Artikel erschienen waren. Geschrieben hatte sie wohl eine 'Emma Bardtke'. Der Artikel in der Mitte war erneut relativ kurz. Die Überschrift lautetet: ' **'Blaustrom' schlägt zurück. Die Großen müssen über 10 Millionen Euro zurückzahlen.'** *David gewinnt gegen Goliath. Das Hamburger Unternehmen 'Blaustrom' gewinnt die Revision vor dem Hamburger Oberlandesgericht. Dieses hob ein Urteil des Leipziger Amtsgerichtes auf und somit müssen die großen Übertragungsnetzbetreiber und die Bundesnetzagentur die von 'Blaustrom' gezahlten EEG-Umlage in Höhe* *von 10 Millionen Euro sowie die Anwaltskosten und Zinsen zurückzahlen. Emma Bardtke*

Jetzt musste Markus lachen. Da hat doch endlich mal ein kleines Unternehmen gegen die großen Konzerne gewonnen. Seine Spannung wuchs, als er das nächste pdf mit der Bezeichnung 'Das unerwartete Urteil' öffnete. Das handschriftliche Datum war der 24.06.2015 Der Artikel stand wie immer in der Mitte und hatte die Überschrift: **'Energie Service' ist ein Versorger'"**. *Das Münchner Oberlandesgericht hat entschieden, dass das Hamburger Unternehmen 'Energie Service' ein Versorger ist. Bisher bezeichnete sich das Unternehmen selber 'Energiedienstleister' und zahlte daher keine EEG-Umlage. Nachdem die vier großen Übertragungsnetzbetreiber ihre Klage gegen 'Blaustrom' verloren hatten, haben sie nun ein anderes Opfer gefunden und 'Energie Service' verklagt. Nach diesem Urteil ist es amtlich, 'Energie Service' ist ein Versorger und muss die EEG-Umlage an die Netzbetreiber zahlen.*

Das war das letzte pdf in dem ersten Ordner. Markus schüttelte den Kopf. Er hatte sich wohl zu früh gefreut. Mal wieder haben die großen Unternehmen gegen ein kleines Unternehmen gewonnen. Er hatte zwar nicht ganz verstanden, worum es sich genau in den Artikeln handelte, aber er hatte verstanden, dass hier der Kampf von großen Wirtschaftsunternehmen gegen kleinere Konkurrenten beschrieben wurde. Allerdings war ihm noch nicht klar, was das alles schließlich bedeuten sollte. Vielleicht konnte er mehr im zweiten Ordner finden. Also klickte er den Ordner mit der Bezeichnung 'spezielle Nachforschungen und Beweise' an. Es erschien ein Fenster auf dem Desktop mit der Meldung:

"Willkommen. Bitte Passwort eingeben." Darunter befand sich ein freies Feld für die Passworteingabe. Das Feld für das Passwort war natürlich leer und wartete auf seine Eingabe. Schade, hier kam er erst einmal nicht weiter. Er war kein IT-Spezialist oder Hacker. Jetzt musste Markus erst einmal Luft holen. Er lehnte sich in seinem Stuhl zurück, öffnete das Joghurt-Glas, nahm den Löffel in seine linke Hand und aß ein paar Löffel. Was hatte er da nur vor sich? Irgendjemand hat einen USB-Stick in seinen blauen Stoffbeutel gelegt, auf dem sich Zeitungsartikel über

Vorkommnisse auf dem Energiemarkt befanden. Und dann war da noch ein gesicherter Ordner, auf dem sich irgendwelche Beweise befanden. Merkwürdig. Aber sein Interesse war natürlich geweckt. Wie sollte er jetzt weiter vorgehen? Den einzigen Anhaltspunkt bzw. Namen, den er hatte, war Emma Bardtke. Also beschloss er, beim Hamburger Abendblatt anzurufen und mit Emma Bardtke zu sprechen. Er könnte sie fragen, ob sie eine Idee hatte, um was es sich bei diesen 'speziellen Nachforschungen und Beweisen' handeln könnte. Markus sah auf die Uhr. Es war 13:25 Uhr. Er ging auf die homepage des Hamburger Abendblatts und wählte die dort angegebene Telefonnummer. Nach dem zweiten Klingeln wurde abgenommen.

"Hamburger Abendblatt, Sie sprechen mit Maria Lausen. Was kann ich für Sie tun?" fragte eine freundliche Stimme.

Markus stockte. Was sollte er sagen? Er hatte sich noch keinen Schlachtplan zu Recht gelegt. Also ging er in die Offensive.

"Guten Tag, mein Name ist Funk. Ich möchte gerne Frau Bardtke sprechen."

Er konnte am anderen Ende hören, wie die Frau schluckte.

"Es tut mir leid, aber Frau Bardtke ist im Moment unabkömmlich. Kann Ihnen ein Kollege vielleicht weiter helfen?" fragte die nette Telefonistin.

"Nein, ich müsste Frau Bardtke direkt sprechen. Wann ist sie denn wieder zu erreichen.?"

"Das kann ich nicht sagen. Wir hatten heute einen Unglücksfall im Hause und daher ist sie derzeit sehr beschäftig. Vielleicht versuchen Sie es Morgen wieder."

"O.K., dann werde ich mich Morgen wieder melden." sagte Markus und legte auf.

Was nun? Dachte er sich. Sein erster Versuch war gescheitert, also muss er es am nächsten Tag erneut versuchen.

2. Kapitel

Hamburg, Dienstag ,den 12. Juli 2016

Am nächsten Morgen wachte Markus schon früh auf. Er hatte schlecht geschlafen. Ständig träumte er von diesen merkwürdigen Zeitungsartikeln und den Geheimnissen, die sich vielleicht noch dahinter verbergen könnten. Nachdem er ein schnelles Frühstück zu sich genommen hatte, wählte er wieder die Telefonnummer des Hamburger Abendblattes. Es war 08:30 Uhr. Vieleicht hatte er ja Glück, und Emma Bardtke war nun zu erreichen.

"Hamburger Abendblatt, mein Name ist Maria Lausen, was kann ich für Sie tun?" ertönte wieder die freundliche Stimme von gestern.

"Guten Morgen, mein Name ist Funk. Ich hatte gestern schon angerufen. Ist Frau Bardtke jetzt zu sprechen?"

Es dauerte einen Moment, bis er eine Antwort erhielt.

"Ich verbinde." und es ertönte 'die kleine Nachtmusik'. Markus wartete.

"Ja, hier Bardtke" konnte er jetzt eine unsichere Stimme hören.

"Guten Morgen, mein Name ist Markus Funk. Spreche ich mit Frau Emma Bardtke?"

"Ja, wieso?"

"Es hört sich jetzt vielleicht komisch an, aber ich habe hier etwas, was ich gerne mit Ihnen besprechen möchte. Könnte ich zu Ihnen kommen?"fragte Markus leicht nervös.

"Ähm, es tut mir leid, aber es ist gerade sehr schlecht. Ich habe hier eine Menge zu tun. Sagen Sie mir doch bitte erst einmal, worum es geht?" Die Stimme von Emma Bardtke klang nach wie vor unsicher, aber dennoch sehr warm.

Markus überlegte kurz.

"Tja, also es geht hier um einige Artikel von Ihnen über Energieversorger oder so und speziellen Nachforschungen. Ich würde

Ihnen ja auch gerne mehr sagen, aber ich habe diese Informationen auf einen USB-Stick, und ich komme nicht an die Daten heran."

Oh man, das war ja wirklich toll! Wieso hatte er denn das gesagt? Noch blöder konnte er sich wohl nicht ausdrücken. Die Leitung blieb einige Sekunden still. Er dachte schon, er hätte es versaut und Emma Bardtke hätte aufgelegt. Doch dann hörte er wieder ihre Stimme:

"Habe ich Sie richtig verstanden, Sie haben einen USB-Stick mit Daten, zu denen Sie keinen Zugang haben?" fragte sie vorsichtig, aber neugierig.

"Ja! Und ich dachte, Sie könnten mir da helfen" Markus spürte, dass er auf der richtigen Spur war.

"Wie sieht der USB-Stick aus?"

"Äh, Moment bitte."Markus ging zu seinem Schreibtisch und zog den USB-Stick aus dem Laptop.

"Es ist ein schwarzer USB-Stick in der Form einer Zigarette."

"Was?!" rief Frau Bardtke. " Woher haben Sie den?"

Markus grinste. Sie schien ihn zu kennen. Also war es richtig, dass er sie angerufen hatte.

"Das ist ja gerade mein Problem. Ich habe keine Ahnung. Daher habe ich Sie angerufen. Weil die Artikel, die man frei lesen konnte, von Ihnen stammen. Können wir uns treffen?"

Wieder eine Pause. Nach gefühlten fünf Minuten hörte er sie leise sagen:

"Wir treffen uns um 10:00 Uhr vor dem Rathaus. Schaffen Sie das?"

Markus überlegte. Mit der Bahn bräuchte er ca. 15 Minuten von der Haltestelle Klein Borstel bis zum Jungfernstieg. Von seiner Wohnung in der Wellingsbütteler Landstraße zum Rathaus 20-25 Minuten. Er schaute auf die Uhr. Es war jetzt 8:38 Uhr.

"Ja, das ist kein Problem."

"Gut, wie sehen Sie aus?" fragte Emma vorsichtig.

Markus schmunzelte: "Ich werde eine Rose in meiner Hand halten."

Emma lachte. "O.K. Dann sehen wir uns."

" Ja, bis dann." sagte Markus und legte auf.

Jetzt war er aber wirklich gespannt. Emma Bardtke hörte sich zwar sehr unsicher, aber auch sehr nett an. Und wie es schien, war er bei ihr richtig. Sie wusste mehr. Also ging er zufrieden zum Kühlschrank, holte sich eine Flasche Apfelsaft heraus und goss sich ein Glas ein. Dann ging er ins Bad und machte sich fertig.

Frisch geduscht und voller Tatendrang zog er sich an und machte sich auf den Weg.

09:30 Uhr irgendwo in Deutschland

Der Mann saß an seinem Schreibtisch und griff mit seiner rechten Hand nach dem Telefonhörer. Er hatte graues, leicht welliges Haar, eine braungebrannte Haut und eine schlichte, randlose Brille befand sich auf seiner Nase. Sein schlanker Körper steckte in einem teuren Dreiteiler von Armani. An seiner rechten Hand steckte ein goldener Siegelring. Das Symbol auf dem Siegel war nicht zu erkennen. Der Mann wählte eine Nummer und wartete.

"Ist es erledigt?"

"Ja. Die Polizei hat es als Unfall mit Fahrerflucht eingestuft. Man hat eine unbrauchbare Fahrerbeschreibung, das Auto wurde bereits völlig ausgebrannt auf einem alten Industriegelände entdeckt. Sie werden keine Spuren finden. Die Fahndung wird im Sande verlaufen."

"Und die Wohnung?"

"Wir haben alles durchsucht. Leider konnten wir seinen Laptop nicht finden."

"Und die Polizei?"

"Selbstverständlich haben die keinen Verdacht geschöpft, dass jemand dort war. Wie gesagt, es war ein tragischer Unfall mit Fahrerflucht."

"Gut. Finden Sie den Laptop! Es soll nichts auf uns hinweisen! Verstanden?!"

"Ja."

"Ich gehe davon aus, dass Sie wie gewohnt sauber arbeiten und mich nicht enttäuschen werden."

"Aber natürlich."

"Rufen Sie mich an, wenn Sie den Laptop gefunden haben."

"Geht klar."

Hamburg, Rathausplatz

Seine Planung ging auf und Markus betrat den Rathausplatz um 09:53 Uhr. Also hatte er genügend Zeit, sich einen Überblick über die anwesenden Menschen zu machen. Er hatte den USB-Stick in seine Hosentasche gesteckt und eine Rote Rose beim Blumenladen an der   U-Bahn-Station Klein Borstel gekauft. Jetzt war er sehr gespannt, wie Emma Bardtke aussah und ob sie überhaupt kommen würde. Da er ja nicht wusste, nach welcher Frau er Ausschau halten musste, ging er direkt zum Rathaus, positionierte sich ca. 30 Meter vor dem Haupteingang und wartete. Seine Rose in der Hand würde hoffentlich als Zeichen reichen. Er konnte relativ schnell feststellen, dass die vorbeigehenden Passanten ihn zuerst mit einem leicht verunsicherten Blick ansahen, aber dann schmunzelnd oder mit dem Kopf schüttelnd weitergingen. Die Rose als Erkennungszeichen für ein 'Blind-Date' oder als kleines Geschenk für die Freundin war anscheinend vielfach bekannt. Ihm war es egal, er wollte Emma Bardtke treffen. Dann sah er von rechts eine junge Frau mit zielsicheren Schritten auf sich zukommen. Ihre roten, gelockten Haare reichten ihr bis auf die Schulter, sie trug eine braune Bluse, die zum größten Teil von einer offenen, leichten braunen Sommerjacke verdeckt wurde. Ihre Beine steckten in einer dunkelblauen Jeans, die Schuhe waren flach und ebenfalls braun. Als sie näher kam, konnte Markus viele Sommersprossen in ihrem eher blassen Gesicht erkennen. Sie hatte ein ebenmäßiges Gesicht, in der sich eine kleine Stupsnase befand. Die grünen Augen blickten in seine Richtung. Er schätze sie auf Ende Zwanzig und ließ seinen Blick über ihre Figur wandern. Nur für einen kurzen Moment kam ihn der Gedanke in den Kopf, dass ihr ein paar Fitness-Stunden mit ihm gut tun würden, aber dann wischte er den Gedanken weg und grinste in sich hinein. Dieses Grinsen hatte die junge Frau wohl gesehen und ließ sie stoppen. Leicht verunsichert sah sie ihn an und zeigte auf seine Rose in der Hand.

"Sind Sie Herr Funk?"

 "Ja, und Sie sind Emma Bardtke?"

" Ja, das bin ich.". Sie lächelte und senkte etwas verlegen ihren Blick.

Markus sah auf seine Rose und sagte :

"Oh, die ist für Sie." Er streckte seine Hand aus und hielt ihr die Rose entgegen.

Emma nahm ihm die Rose ab und sagte "Danke."

Ihr Lächeln gefiel Markus. Sie schien zwar immer noch etwas verunsichert zu sein, aber strahlte etwas ganz Besonderes aus. Sein erster Eindruck war positiv.

"Sie sagten etwas von einem USB-Stick. Kann ich den bitte sehen?" fragte Emma.

Markus griff in seine rechte Hosentasche und holte ihn heraus.

"Bitte, das ist er."

Emma nahm ihm den USB-Stick ab und sah ihn sich genau an.

"Ja, das müsste er sein." sagte sie vorsichtig und leicht verwirrt.

"Woher haben Sie den?"

"Ich habe keine Ahnung. Als ich gestern nach Hause kam, war er plötzlich in meiner Tasche. Glauben Sie mir, ich bin genauso verwirrt wie Sie. Und mit dem Inhalt kann ich auch nichts anfangen. Daher habe ich Sie ja angerufen."

Emma sah ihn an. Dann legte sie ihren Kopf auf die Seite und sagte schließlich:

"Ja, ich kann damit etwas anfangen. Der USB-Stick gehört Frank Pohlmeier. Ich habe mit ihm" sie stockte. Ihre Stimme versagte, als sie weitereden wollte.

"Was ist denn?" fragte Markus.

Emma senkte ihren Kopf, schloss kurz die Augen und sah ihn wieder an.

"Frank Pohlmeier ist..nein war ein Journalist, der sich zuletzt mit einem bestimmten Thema befasst hat."

"War?" fragte Markus.

"Ja, er.." erneut stockte Emma. "Er wurde gestern von einem Auto überfahren und ist jetzt tot."

Markus schüttelte kurz en Kopf.

"Von einem Auto überfahren? Gestern? War das am Ballindamm?"

Emma schaute ihn verwirrt an. " Ja, wieso?"

Markus drehte sich zur Seite. Er zögerte, doch dann sagte er:

"Ich bin gestern anscheinend dabei gewesen. Also ich war ganz in der Nähe, als der Unfall passierte. Ich habe zwar den Unfall selber nicht gesehen. Aber ich sah den Mann auf der Straße liegen und die ganzen Leute, die zu ihm hingegangen sind. Dann haben sie die Polizei und den Rettungswagen gerufen." Er unterbrach sich selbst.

"Also, ich dachte mir, dass ich sowieso nichts tun kann. Da waren doch genügend Leute. Und ich hatte ja auch nichts gesehen. Daher bin ich einfach weiter gegangen. Und als ich dann zu Hause angekommen war, habe ich den USB-Stick gefunden...Also der Mann, der überfahren wurde, war Frank Pohlmeier, Ihr Kollege?"

"Nein, also ja, das war Frank Pohlmeier, aber er war nicht mein Kollege. Frank arbeitet " sie stockte. "arbeitete als unabhängiger Journalist. Also wie gesagt, er hat sich mit den Verbindungen einiger Energieunternehmen und der Politik befasst. Ich habe lediglich ein paar Artikel über 'Blaustrom' und 'Energie Service' geschrieben. Das waren ganz normale Berichte über die üblichen Vorkommnisse in der Energiebranche. Ja, es war mal wieder so, dass im Endeffekt die Großen die Kleinen schlagen, aber nichts Spektakuläres. Aber Frank wollte darin unbedingt einen Skandal gesehen haben. Korruption, oder etwas ähnliches. Ich weiß, dass er sich da voll reingekniet hatte. Aber ich habe keine Ahnung, was er herausgefunden hatte."

Sie überlegte und hielt den USB-Stick hoch.

"Und Sie haben hierdrauf Dateien gefunden, die mit einem Passwort geschützt sind?

"Ja, drei Artikel von Ihnen und einen Ordner, der durch ein Passwort geschützt ist. Der Ordner heißt 'spezielle Nachforschungen und Beweise'. Dann könnte sich darin doch etwas über diese Machenschaften zwischen den Energie-unternehmen und der Politik befinden, die Frank Pohlmeier Ihnen gegenüber erwähnte, oder?"

Emma sah ihn misstrauisch an.

"Fangen Sie jetzt auch schon so an? Ist Ihnen nicht klar, was hier passiert ist? Ich habe wirklich keine Ahnung, was Frank da angeblich entdeckt hatte, aber ich kann eins und eins zusammenzählen."

Markus schluckte und sah sie verwundert an.

"Soll das etwa heißen, Sie glauben, dass das kein Unfall war? Dass es da einen Zusammenhang gibt?"

Emma nickte. "Klar, warum nicht?"

"So ein Quatsch! Wir sind hier doch nicht beim Film! Das ist echt."

Emma lachte auf. "Ja wo leben Sie denn? Meistens ist die Realität doch schlimmer als ein Film! Ich bin mir sicher, dass es in vielen Bereichen Korruption gibt. Auch hier in Deutschland."

"Ja, aber Sie reden hier von Mord!"

Emma senkte ihren Kopf leicht und sagte:

"Nun gut, wir werden sehen." Sie hob erneut den Stick an.

"Ich möchte erst einmal einen Blick auf die Daten auf den Stick werfen. Mal schauen, was Frank gefunden hat."

"Aber der Ordner mit den angeblichen Beweisen ist doch verschlüsselt."

"Ja, aber Sie haben sich ja an mich gewandt, weil Sie dachten, ich könnte da helfen. Richtig?" fragte sie und lächelte ihn verschmitzt an.

"Soll das heißen, Sie kennen das Passwort?" fragte Markus neugierig.

"Das habe ich nicht gesagt. Aber vielleicht finde ich es heraus."

Sie drehte sich um und ging los.

"Hey, wo wollen Sie hin?"

Emma drehte beim Gehen ihren Kopf und rief ihm zu:

"Folgen Sie mir."

Markus schüttelte den Kopf. "Nicht nur ein süßes Gesicht, auch noch frech. Das gefällt mir." sagte er leicht grinsend vor sich hin und folgte ihr.

3. Kapitel

Als sie an der Geschäftsstelle des Hamburger Abendblattes angekommen waren, gingen sie zusammen hinein und Emma führte Markus in die erste Etage. Dort befand sich ihr Büro. Emma öffnete die Tür und deutete auf einen Stuhl.

"Nehmen Sie bitte Platz. Ich werde mal mein Glück versuchen."

"Danke."

"Möchten Sie etwas trinken? Einen Kaffee vielleicht?"

"Ja, gerne."

Sie zeigte auf ein Sideboard. Darauf befanden sich eine Kaffeekanne und Tassen.

"Bitte, bedienen Sie sich."

Während Emma den Laptop startete und den USB-Stick anschloss, goss sich Markus einen Kaffe ein. Dabei ließ er seinen Blick durch das Büro gleiten. Er war überrascht. Es war für eine Frau ein eher nüchtern eingerichtetes Büro. Ein Holzschreibtisch, ein Bürostuhl, auf dem Emma saß, zwei schwarze Besucherstühle aus Metall. An den Wänden befanden sich Regale, in denen viele Bücher standen. Der Schreibtisch war mit den üblichen Büroutensilien bestückt. Doch konnte er keinen Dekokram sehen. Lediglich eine kleine Schneekugel befand sich links neben dem Monitor. Sehr ungewöhnlich, wie er fand. Aber angenehm. Dann schob er seinen Stuhl neben ihrem und warf einen Blick auf den Monitor.

Emma hatte gerade den gesperrten Ordner angeklickt und die Eingabeaufforderung für das Passwort war zu sehen.

"Ich habe Ihnen ja schon gesagt, dass ich nur wenig von dem Inhalt Ihrer Artikel verstanden habe. Und Sie sagten mir ja, dass Frank Pohlmeier von irgendeinem Skandal überzeugt gewesen war. Das hört sich für mich ja schon interessant an. Was wissen Sie denn?" fragte Markus.

Emma sah ihn an. Sie rollte ihren Stuhl etwas zurück und sagte:

"Nun gut. Also hier geht es um verschiedene Beteiligte in der Energiewirtschaft. Es gibt hier hauptsächlich Energieversorger und Netzbetreiber."

"Gibt es da einen Unterschied?"

"Ja, das wissen die wenigsten. Es ist im Prinzip genauso wie bei der Telekommunikation. Da haben wir einmal das Netz und die Telefonanbieter. Die Deutsche Telekom ist zu einem für das Netzt zuständig und zum anderen auch weiterhin Telefonanbieter. Die anderen Telefonanbieter nutzen das Telefonnetz der Telekom und zahlen dafür. Genauso ist es am Energiemarkt in Deutschland. Wir haben Netzbetreiber und Energieversorger. Die Netzbetreiber sind für den Betrieb, Ausbau und Wartung des Strom-oder Gasnetzes zuständig. Die Strom-und Gasversorger nutzen dieses Netz und bezahlen dafür die Netznutzungsgebühr, die sie an die Kunden weitergeben. Das Problem ist hier, dass es zwar auf dem Papier eine Trennung zwischen Netzbetreiber und Versorger geben muss, aber in der

Realität sieht das leider ganz anders aus. Damit die Energiekonzerne die Bestimmungen des Deutschen Energiegesetzes erfüllen, also diese Trennung gewährleistet ist, haben viele einfach eine Tochterfirma gegründet und somit eine scheinbare Trennung von Netzbetrieb und Versorgung geschaffen. Tatsächlich sind aber nach wie vor viele Versorger auch gleichzeitig Netzbetreiber."

"Und was ist daran so schlimm?

"Naja, hier geht es um Macht, um Gewinne und um Monopolstellung."

"Aber es gibt doch unglaublich viele Stromunternehmen. Ich meine mir würden doch sofort einige einfallen. RWE, E.on, yello, lekker. Und auch viele Stadtwerke. Also da gibt es doch eine Konkurrenz, oder nicht?"

Emma grinste ihn an.

"Das sollen ja alle glauben. Wenn man aber genau hinschaut, dann stellt man schnell fest, dass es keine wirkliche Konkurrenz gibt. Wenn man sich z.B. den Strommarkt anschaut. Offiziell gibt es ca. 900 Nerzbetreiber und ca. 1.200 Stromversorger. Das sieht erst einmal gut aus. Aber in beiden Bereichen haben die großen vier Energiekonzerne in Deutschland, das sind EinsBW, SWA, TOP-Energie und Barion, über 50% unter ihrer Kontrolle. Entweder sind es Tochterunternehmen des Konzerns oder durch vertragliche Vereinbarungen kontrollieren sie diese."

"Das wusste ich nicht. Also Wettbewerb sieht wohl anders aus."

"Genau. Nehmen wir als Beispiel Grünwelt-Energie. Man könnte meinen, dass Grünwelt-Energie selber Strom- und Gasversorger ist. Grünwelt liefert nämlich Strom und Gas an ihre Kunden. Aber tatsächlich wird der Strom über Stromio und Gas über Gas.de geliefert. Da gibt es noch viele andere Beispiele von Energieunternehmen, die zusammengehören. Priostrom gehört Extraenergie. Voltera gehört Vattenfall. Also alleine dadurch reduziert sich die Anzahl der tatsächlichen Stromversorger am Markt. Und die großen vier vereinen ca. 50 % unter sich. Alles andere als Konkurrenz und wirklicher Wettbewerb. Ebenso ist es mit der scheinbaren Trennung von Netzbetreiber und Versorger. Zum Beispiel bei Barion. Barion ist der

Stromversorger und die Tochter Ba.DIS ist der Netzbetreiber. Auch B-Werk als Netzbetreiber gehört im Endeffekt zu Barion. Oder die Lechwerke AG. Viele Unternehmen haben sich nicht einmal die Mühe gemacht, Netzbetreiber und Versorger namentlich zu unterscheiden. Bei den Lechwerken zum Beispiel. Da heißen beide, der Versorger und der Netzbetreiber, einfach LEW oder Lechwerke AG. Auch fasst alle Stadtwerke sind gleichzeitig Netzbetreiber und Versorger. In Augsburg heißt das jetzt Stadtwerke Augsburg Energie und Netze Augsburg. Super, was?"

Markus sah sie verblüfft an.

"Das ist ja erschreckend. Aber es gibt doch immer noch genügend Konkurrenz, wenn die großen vier zwar 50% beherrschen, aber 50% freie sind immer noch jeweils ca. 600 Versorger und 450 Netzbetreiber."

Emma lächelte ihn an.

"Tja, leider sprechen wir hier von der bloßen Anzahl der Unternehmen. Aber nicht über die tatsächliche Größe, also bei den Versorgern von der gelieferten Menge an Strom. Hier sieht es ganz anders aus. Wenn man die gelieferte Kilowattstunde berücksichtigt, dann erreichen die vier großen Energiekonzerne ca. 75% in Deutschland."

"Aber da müsste doch die Kartellbehörde einschreiten, oder nicht?"

"Wie gesagt, offiziell gibt es ja eine Trennung der Unternehmen, Und was die Behörden bzw. die Politik hier für eine Rolle spielt, habe ich ja noch gar nicht erwähnt. Dazu komme ich später. Zurück zu der Machtposition der vier großen Energiekonzerne. Diese wollen natürlich ihre eigene quasi Monopolstellung behalten. Daher schauen sie auch ganz genau auf den Strommarkt, bzw. auf die Marktteilnehmer. Sobald einer zu groß wird oder gar ein Neuer Versorger erfolgreich am Markt erscheint, versuchen sie, diesen zu stoppen. Entweder kaufen sie ihn auf - daher haben sie ja die knapp 50% erreicht - oder ,wenn der sich nicht aufkaufen lässt, dann versuchen sie ihn zu behindern und zu vernichten."

"Wie denn das?"

"Tja, da machen sie es sich ganz einfach. Sie nutzen die deutsche Bürokratie und das deutsche Rechtssystem. Sie verklagen den Verweigerer. Gute Anwälte und Geld genug haben sie ja. Und dabei ist es auch egal, ob die Klage begründet ist oder nicht. Sie müssen nur ein Gericht finden, dass die Klage nicht sofort ablehnt und der Beklagte muss sich damit beschäftigen. Das kostet natürlich Zeit und Geld. Und wer das nicht hat, lässt sich dann doch aufkaufen oder geht pleite. Und da wären wir dann auch bei den Unternehmen, über die ich meine Artikel geschrieben habe."

"'Blaustrom', oder so ähnlich."

"Richtig. 'Blaustrom' ist ein Versorger. Der 'Energie Service' ist ein Energiedienstleister."

"Energiedienstleister? Das habe ich ja noch nie gehört. Was machen die denn?"

"Bevor ich mich mit diesen Unternehmen beschäftigt hatte, wusste ich das auch nicht. Also, Sie wissen jetzt ja, dass es am Deutschen Energiemarkt Netzbetreiber und Energieversorger gibt. Die einen sind für das Strom-bzw.- Gasnetz verantwortlich und die anderen versorgen die Kunden mit Strom oder Gas und verwenden hierzu die Netze der Netzbetreiber. Die Netzbetreiber verdienen an den Netznutzungsgebühren oder auch Netzentgelte genannt. Die Versorger liefern Strom bzw.- Gas an ihre Kunden und verdienen an den Verbrauch. Also je mehr der Kunde verbraucht, desto mehr verdient der Versorger. Und auch der Netzbetreiber. Denn auch das Netzentgelt wird pro Kilowattstunde berechnet, ist also auch an den Verbrauch gekoppelt. Jetzt wissen wir aber schon seit vielen Jahren, dass der ständige Zuwachs des Energieverbrauchs weltweit zu großen Problemen führt. Die starke Konzentration auf fossile Brennstoffe- also Kohle, Gas und Öl - sowie auf die Atomkraft hat dazu geführt, dass die Länder, die über diese Ressourcen verfügen, über eine unglaubliche Macht verfügen. Denn leider wird die meiste Energie in den Ländern verbraucht, die nicht oder nur in geringem Mengen über diese Ressourcen verfügen. Und daher kam und kommt es immer wieder zu Konflikten und Kriegen um den freien Zugang zu diesen Ressourcen. Denken Sie nur an die vielen Kriege im Nahen Osten. Der Zugang zum Öl und Gas ist in dieser Region meistens der Hauptgrund für Konflikte. Leider spielte und spielt die USA hier immer eine große und eher negative Rolle. Auch hier ist die Macht sehr wichtig. Das zweite Problem ist, dass ein großer Teil des Energieverbrauchs aus Kohlekraftwerken kommt. Der große Ausstoß von CO_2 durch die Kohlekraftwerke wirkt sich auf die uns schützende Ozonschicht aus und beeinflusst somit die drohende Erderwärmung maßgeblich."

"Moment, also wir sprechen hier auf einmal über Weltpolitik und Kriege? Geht das jetzt nicht ein bisschen zu weit?"

Emma nahm einen Schluck aus ihre Kaffetasse und sagte:

"Naja, das hängt leider alles zusammen. Ich wollte Ihnen nur einmal die groben Hintergründe erläutern. Diese Problematik der fossilen Brennstoffe und der Atomkraft hat vor ca. 30 Jahren dazu geführt, dass die ersten sich mit der Nutzung der erneuerbaren Energien beschäftigten. Also Solarkraft, Windkraft, Wasserkraft und Biomasse."

"Wie sieht denn die aktuelle Zusammensetzung des Stroms in Deutschland aus?"

"Im Jahre 2014 setzte sich der Stromverbrauch - auch Strommix genannt- aus vier Quellen zusammen. ca. 28% Erneuerbare Energie, ca. 18% Atom, ca. 31% Braunkohle und ca. 22% Steinkohle, also ca. 53% umweltschädliche Kohle!"

"Wow, das hätte ich jetzt nicht gedacht. Ich dachte, wir hätten immer noch mehr Atomstrom, auch wenn ja die ersten Atomkraftwerke abgeschaltet worden sind. Und dass wir immer noch 53% Kohle haben, das ist ja echt heftig. Aber woher wissen Sie das denn alles?"

"Tja, ich wollte mit Frank zusammen einen längeren Artikel schreiben. Er sollte mich dabei unterstützen, da Frank sich schon seit einigen Jahren mit der Energiepolitik beschäftigt hatte. Ich habe die Freigabe einen mehrseitigen Artikel in einem Sonderformat zu schreiben. Daher habe ich mich in den letzten Wochen sehr intensiv mit den Grundlagen beschäftigt. Die Artikel, die Sie gesehen haben, hatte ich in den letzten Jahren nur geschrieben, weil es sich um Hamburger Unternehmen handelte. Die Freigabe für die umfangreichere Story habe ich erst vor einem

Monat bekommen. Man hat wohl erkannt, dass die Themen Energiewende und Klimawandel eine Zukunft haben. Im Zuge meiner Hintergrundarbeit habe ich dann die ganzen Kenntnisse gesammelt. Frank war da schon weiter drin. Er hat auch immer schon über die angebliche Korruption und kriminelle Machenschaften in der Energiewirtschaft gesprochen. Ich habe darüber keine genauen Informationen vorliegen. Die muss er sich alleine besorgt und auch verarbeitet haben."

Sie nahm wieder einen Schluck Kaffee.

"Wie ist das denn überhaupt gelaufen mit diesem Atomausstieg" fragte Markus.

"Nach langem Hin und Her hat die damalige Rot-Grüne Regierung im Jahre 2000 in Abstimmung mit den großen Atomkonzernen den Atomausstieg beschlossen. Die damals noch 19 aktiven Atomkraftwerke sollten schrittweise bis 2021 abgeschaltet werden. Der Anteil der Atomkraft am Stommix betrug im Jahre 2000 noch rund 25%. Das Ziel war somit, rund 25% bis 2021 durch erneuerbare Energieträger zu ersetzen. Wir sind schon sehr weit gekommen. Wie schon gesagt, betrug der Anteil der erneuerbaren Energien im Jahre 2014 bereits 28%. Leider sind nur 5% dieses Zuwachses durch die Energiekonzerne entstanden! Unglaubliche 95%, also fast der komplette Zuwachs ist durch private Haushalte, Bauern, Energiegemeinschaften, Dörfern etc. entstanden. Die Verantwortlichen der Konzerne setzten weiter auf Kohle und Atom. Sie waren sich anscheinend sicher, dass ihre Lobbyarbeit bei den entsprechenden Parteien - insbesondere bei der CDU - erfolgreich sein würde und diese den Atomausstieg der Rot-Grünen Regierung wieder rückgängig machen würde. Und das ist ja auch tatsächlich passiert! Ende Oktober 2010 hat die Schwarz-Gelbe Regierung unter der Führung von Kanzlerin Merkel den Atomausstieg zunichte gemacht indem sie die Stilllegung des letzten Atommeilers von 2021 auf 2036 verlängerte. Also 15 Jahre später. Die Atomlobby hatte gewonnen. Parallel hatte die EU im Dezember 2011 beschlossen, auf den Klimawandel zu reagieren und den Anstieg der globalen Temperatur - auch Erderwärmung genannt - auf 2 Grad im Vergleich zu 1990 zu begrenzen. Dies wollte man erreichen, indem der Anteil der erneuerbaren Energieträger bis zum Jahre 2050 auf 80% erhöht und die Treibhausgasemissionen - also den CO_2 Ausstoß - um 80-95% bezogen auf die Menge von 1990 verringert werden sollte."

"2050? Aber das ist ja noch Zeit genug! Man hört doch immer, dass die im Raum stehenden Verpflichtungen der EU ohne Atomstrom gar nicht erreichbar sein sollen! Alle wettern doch gegen den Ökostrom, weil man das angeblich so schnell gar nicht erreichen kann. So ein Humbug!"

Emma grinste. "Na so ganz falsch ist das ja nicht. Die Stimmen, die behaupten, dass die Zeit zu kurz sei, meinen eigentlich das Jahr 2022. Denn nachdem der Ausstieg aus dem Atomausstieg durch Schwarz-Gelb beschlossen war, passierte ja das große Unglück in Fukushima im März 2011. Und plötzlich war alles anders bei der CDU und insbesondere bei Frau Merkel. Auf einmal hieß es, auf Fukushima müsse man reagieren. Durch Fukushima hätte sich die Situation geändert. So ein Unsinn! Als wenn wir hier in Deutschland auf einmal Angst vor einem Tsunami hätten müssen! Nein. Die CDU hat auf die Meinungsumfragen reagiert. Auf einmal schnellten die Werte für die Grünen nach oben. Also musste Frau Merkel reagieren. Sie beschlossen, den Ausstieg aus dem Atomausstieg wieder rückgängig zu machen. Nachdem im Zuge des von der Rot-Grünen Regierung beschlossenen ersten Atomausstieges bereits 2003 und 2005 die ersten beiden Atomkraftwerke, eins in Stade und eins in Obrigheim, stillgelegt wurden, waren 2011 in Deutschland noch insgesamt 17 Atomkraftwerke in Betrieb. Die Schwarz-Gelbe Regierung beschloss, schrittweise bis 2022 alle Atomkraftwerke abzuschalten. Als erste Kurzschlussreaktion nach Fukushima wurden sofort drei Atomkraftwerke durch die Regierung stillgelegt. Bis heute sind bereits acht abgeschaltet, es sind aktuell nur noch 9 Atomkraftwerke am Netz. Die Folge dieser Kehrtwende der Umweltpolitik der Kanzlerin war, dass man innerhalb von 11 Jahren - also von 2011 als der erneute Ausstieg beschlossen wurde - bis zum Jahre 2022 - den Ausfall der Atomkraft durch andere Energieträger ersetzen werden musste. Wenn man sich den

Ausbau der erneuerbaren Energien von 2000 bis 2014 auf ca. 28% ansieht, dann sollte es kein Problem sein, den Anteil der Atomkraft im Strommix in 2014, also 18%, noch bis zum Jahre 2022 zu ersetzen. Ganz im Gegenteil. Wir hätten eigentlich einen viel höheren Anteil an Ökostrom, wenn die Große Koalition im Sommer diesen Jahres die Förderung nicht drastisch gesenkt hätte und somit den weiteren Ausbau von Solaranlagen und Windräder deutlich behindert hätte. Die Ängste, die Sie da erwähnt hatten, dass die Zeit zu knapp wäre, sind also unbegründet. Es werden von den Atombefürwortern bewusst falsche Aussagen getroffen um eine negative Stimmung im Bezug auf Ökostrom zu schaffen."

Markus sah Emma bewundernd an.

"Mensch, Sie kennen sich ja aus."

Emma grinste.

"Ja, aber leider habe ich durch diese ganze Recherche eher unschöne Erkenntnisse erhalten. Je mehr ich mich damit beschäftigte, desto frustrierter wurde ich. Auf der einen Seite hört man überall in den Medien, dass wir den Klimawandel stoppen müssen und die Energiewende hinkriegen sollen. Aber auf der anderen Seite werden von den Medien falsche Informationen gestreut."

Markus sah sie ein wenig spöttisch an.

"Aber Sie gehören doch auch zu den Medien."

Emma nickte leicht verlegen.

"Ja, das stimmt. Doch bevor ich mich mit diesem Thema so stark befasst hatte, hatte ich keine Ahnung, wie weit die Desinformationsstrategie der Politik und der Medien geht."

"Aber dass die Politik die Medien schon immer beeinflusst haben, das ist doch allen schon lange klar" sagte Markus und lachte vorsichtig.

"Ich meine, wer nicht völlig hinterm Mond lebt, der weiß doch, dass man nicht alles glauben darf, was in der Zeitung steht oder was im Fernseher läuft. Und insbesondere die BLÖD ist doch im Verbreiten von Halbwahrheiten oder völligem Blödsinn bekannt!"

Emma sah etwas beschämt nach unten.

"Ja, ich weiß. Aber ich habe mich bisher eher auf regionale Themen beschränkt. Und was ich geschrieben habe, war immer richtig. Ich habe niemals Dinge erfunden oder gelogen!" sagte sie mit Nachdruck.

"Mir war schon immer klar, dass es leider auch schwarze Schafe in meiner Branche gibt, aber das ist ja überall so. Ich kann mir auf jeden Fall im Spiegel mit gutem Gewissen ins Gesicht sehen!"

Und das ist dann auch noch sehr schön, dachte sich Markus.

"Und jetzt haben Sie festgestellt, dass beim Thema Energiepolitik die Informationen teilweise gesteuert werden?"

"Das nennt man dann ja auch Lobbyarbeit. Generell ist ja dagegen nichts einzuwenden, wenn Unternehmen oder Vereinigungen sich für die eigenen Interessen einsetzen. Das ist ja überall so und völlig normal. Ich meine, Sie haben doch auch schon mal andere beeinflusst, um Ihren eigenen Standpunkt oder Ihre eigenen Ziel zu erreichen, oder?"

"Ja, aber nicht mit kriminellen Methoden oder zu Lasten andere."

"Tja, aber das ist leider in der Wirtschaft oder Politik anders."

"Also was hat denn jetzt die schlimme Weltpolitik mit dem zu tun, was Sie geschrieben haben?"

Emma nickte, nahm noch einen Schluck Kaffee und sagte:

"In meinen Artikeln geht es um das Energiedienstleistungsunternehmen 'Energie Service'. Diese Hamburger Firma hat sich ein Ziel gesetzt: Es möchte etwas gegen den Klimawandel unternehmen. Dies will sie erreichen, indem sie ihren Kunden ihre Energiedienstleistung anbietet. Dabei zeigt sie ihren Kunden wie diese ihren Energieverbrauch reduzieren können. Denn je weniger Energie verbraucht wird, desto weniger Energie muss produziert werden. Des weiteren zeigt sie ihren Kunden, wie sie selber Strom produzieren können. Zum Beispiel durch Photovoltaik-Anlagen. Dadurch wird ebenfalls die benötigte Menge an Energie reduziert. Ein Hauptproblem unserer aktuellen Energieversorgung ist, dass die Energie eher zentral produziert wird. Also in Kraftwerken, die große Mengen Energie produzieren. Egal ob aus konservativen oder erneuerbaren Energieträgern. Wir haben große Solarparks und Windparks. An Land und auf dem Meer. Dieser Strom muss dann über Leitungen an die einzelnen Verbraucher geliefert werden. Und da will nun keiner in seinem Garten Hochspannungsleitungen haben. Jeder will Strom, aber keiner will diese Leitungen bei sich zu Hause haben. Daher ist ein Ziel von 'Energie Service', dass jeder den Strom, den er verbraucht, selber vor Ort produziert. Das können z.B. Photovoltaik-Anlagen sein. Also statt zentraler Produktion und Weiterleitung durch Netzte an die Verbraucher, dezentrale Stromproduktion. Und dorthin, wo man selber keinen Strom produzieren kann, oder nicht genügend für den eigenen Verbrauch, muss dann natürlich der fehlende Strom noch geliefert werden. Aber das Problem der nicht ausreichenden Stromleitungen wäre so gut wie verschwunden. Als Energiedienstleister verfolgt 'Energie Service' eine Geschäftspolitik, die komplett gegen die Interessen der großen Energiekonzerne läuft. Reduzierung des Verbrauchs, eigene Produktion von Strom und Versorgung der Kunden mit Ökostrom. Diese Geschäftsstrategie ist zwar gut für den Verbraucher, aber bedeutet einen wirtschaftlichen Verlust für die großen Konzerne. Weniger Stromverbrauch heißt weniger Gewinn für die Versorger und Netzbetreiber. Gleichzeitig ist man jetzt auf die Versäumnisse der Netzbetreiber aufmerksam geworden."

"Was meinen Sie damit?"

"Tja, ich hatte ja bereits gesagt, dass viele Energieversorger auch Netzbetreiber sind. Die Netzbetreiber sind für die Wartung und Ausbau des Strom-und Gasnetzes zuständig. Aber statt diese Aufgaben zu erfüllen und zudem auf die veränderte Marktsituation zu reagieren, haben sie lieber in diesem Bereich gespart und ihre Gewinne gesteigert. Eine sehr kurzfristige Strategie. Der Strom wird jetzt woanders produziert als bisher und muss dementsprechend auch andere Wege gehen. Und jetzt fällt es dann auch auf, dass die Netzbetreiber auf Kosten der Qualität und Quantität des Netzes ihre Gewinne eingefahren haben. Aber man weiß ja, dass die Lobby der großen Stromkonzerne sehr einfallsreich und mächtig ist. Sie geben jetzt natürlich den erneuerbaren Energien die Schuld für die Kosten des Ausbaus und Optimierung des Netzes. Was wie gesagt Quatsch ist. Dadurch entstand ja auch die EEG-Umlage."

"Ach ja, da höre ich ja auch immer, dass der Ökostrom daran schuld sei."

Emma lachte.

"Genau, auch hier sehen wir wieder die Macht der Konzerne. Es wird ständig erzählt, dass der Strom deswegen so teuer sei, weil der Ökostrom so teuer sei und die Subventionen hierfür den Strompreis nach oben treiben. Die Energiewende sei nur so teuer, weil der Ökostrom so teuer sei. Für die EEG-Umlage und Netzkosten seien nur die Erneuerbaren Energien verantwortlich. Das ist völliger Quatsch!" Sie schlug mit ihrer Faust auf den Tisch.

Markus zuckte zusammen.

"Entschuldigung, aber ich finde es einfach zum Kotzen, was die mächtigen Wirtschaftsunternehmen für eine Macht haben und alles unternehmen um diese auch zu erhalten. Das Volk wird dumm gehalten und die merken gar nicht, wie es ausgenommen wird. Gleichzeitig werden die Konkurrenten niedergemacht indem man ihnen die Schuld für das eigene Fehlverhalten gibt. Und die Leute glauben das auch noch!"

Markus grinste. "Mensch, Sie steigern sich da ja richtig rein."

"Ja, je mehr ich mich damit beschäftigt habe, desto mehr habe ich einen Hals auf diese Bosse bekommen. Die meinen, sie können alles mit uns machen! Aber das kann so nicht weitergehen. Deshalb wollte ich ja auch mit meinem Artikel einen Weckruf starten. Und Frank wollte mir dabei helfen. Er war da noch viel besser informiert als ich." Sie zuckte zusammen, schlug noch einmal auf den Tisch und fing an zu weinen.

Markus wusste gar nicht, wie er reagieren sollte. Er rollte mit seinem Stuhl etwas näher zu ihr und legte seine Hand auf ihre Schulter.

"Geht es wieder?" fragte er vorsichtig mitfühlend.

Emma schaute ihn dankend an und sagte:

"Ja, danke. aber es war wohl alles zu viel für mich. Das Frank jetzt tot ist, hat mich doch mehr mitgenommen, als ich gedacht habe."

"Das ist ja auch verständlich. Sollen wir hier Schluss machen und ich gehe nach Hause?"

Sie sah ihn an, nahm seine Hand von ihrer Schulter und sagte:

"Nein, danke. Aber es ist nett von Ihnen. Ich denke, es geht schon wieder. Also, wo waren wir stehen geblieben?"

"Die Lüge der Lobbyisten bezüglich der Kosten der Energiewende" sagte Markus.

"Ja, richtig. Im Jahre 2000 hatte die Rot-Grüne Regierung das EEG, also das Erneuerbare-Energien-Gesetzt verabschiedet, in dem hauptsächlich die Förderung der Produktion von erneuerbaren Energien durch eine Mindestvergütung beschlossen wurde. Allerdings wurde auch eine schrittweise Senkung dieser Mindestgarantie beschlossen. Man wollte den Ausbau des Ökostroms anstoßen und nicht dauerhaft finanzieren. Das Ganze ist im Zusammenhang mit dem Atomausstieg und der

Reduzierung des CO2-Ausstosses zu verstehen."

"Also hat die Subventionierung des Ökostroms den Strompreis nach oben getrieben!"

Emma grinste.

"Nein, eben nicht. Aber das wollen die Energiekonzerne uns ja glauben lassen. Und wie es aussieht, sind die bei Ihnen auch erfolgreich gewesen.." sagte sie und lächelte.

"Äh, ja also. Tja, irgendwie schon. Ich meine, das liest und sieht man doch überall." sagte Markus leise vor sich hin.

"Ja, das stimmt. Aber die Wahrheit ist nun mal eine andere."

Emma sah zuerst Markus und dann seine Kaffetasse an.

"Möchten Sie noch Kaffee? Bedienen Sie sich." sagte sie und lächelte ihn freundlich an.

"Ja, gerne .Danke." antwortete Markus, ging zur Kaffekanne und füllte seine Tasse.

"Die Netzbetreiber müssen also den Ökostrom zu dem im EEG festgelegten Mindestpreis den Produzenten abkaufen. Diesen Strom verkaufen sie weiter. Entweder an ihre Kunden (wenn sie auch Stromversorger sind) oder an der Strombörse. Da sich der Strompreis an der Börse logischerweise verändert, verlangten die Netzbetreiber nach relativ kurzer Zeit eine Sicherheit, dass sie durch den Mindestpreis für Ökostrom kein Risiko eingehen. Also wurde 2003 die EEG-Umlage eingeführt. Die Lobbyisten hatten mal wieder ganze Arbeit geleistet. Die EEG-Umlage betrug 2003 gerade mal 0,41 cent pro Kilowattstunde. Sie ist seitdem kontinuierlich gestiegen und liegt seit Anfang diesen Jahres bei 6,35 cent pro Kilowattstunde."

"Also doch!" sagte Markus.

"Moment, Moment. Jetzt kommt's aber. Wer muss die EEG-Umlage denn bezahlen?"

"Na, wir Kunden. also alle Verbraucher."

"Eben nicht." sagte Emma.

"Denn da liegt ein entscheidendes Problem bei der EEG-Umlage. Zum Schutz von besonders stromintensiven Unternehmen wurden Ausnahmeregelungen geschaffen. Also die Unternehmen, die besonders viel Strom benötigen- z.B. Stahlwerke sollten nicht zu sehr gegenüber dem internationalen Wettbewerb belastet werden. Das ist ja im Prinzip eine sehr sinnvolle Sache. Aber leider erhielten immer mehr Unternehmen diese Ausnahmeregelung. Und bei vielen dieser Unternehmen kann ich nicht nachvollziehen, warum diese dabei sind. Da wird z.B. auch ein Golf-Platz bevorteilt! Insgesamt war z.B. im Jahr 2012 die Hälfte des industriellen Stromverbrauchs von der EEG-Umlage ganz oder teilweise befreit. In diesem Jahr sind es ca. 2100 Unternehmen. Die Entlastung betrug ca. 5 Mrd. Euro. Bezogen auf die EEG-Umlage wären das ca.2 cent. von den 6,35 cent."

Markus stand auf und sagte:

"Tja, da haben wir's mal wieder. Die großen Unternehmen werden bevorzugt und der normale Verbraucher ist der Depp."

Er ging ein paar Schritte durch den Raum, sah sich um und fragte:

"Wo kann ich denn hier zur Toilette gehen?"

"Hier raus und dann rechts runter. Die dritte Tür links."

"O.K. Danke."

4. Kapitel

Als Markus zurückkam fragte er:

"Wenn ich das richtig verstanden habe, dann werden die Produzenten von Ökostrom und die energieintensiven Unternehmen gleichzeitig subventioniert. Das ist doch völliger Unfug! Total widersprüchlich. Wer hat sich das denn einfallen lassen?"

"Na wer wohl?" fragte Emma grinsend.

"Die großen Konzerne?"

"Fast! Aber Sie haben nur teilweise Recht. Nicht nur der Ausbau der erneuerbaren Energien wurde und wird seitens der Regierung gefördert. Kohle und Atom wurden und werden immer noch mit Milliardenbeträgen subventioniert. Von 1998 bis 2006 wurden knapp 30 Mrd. Subventionen gezahlt. Von 2007 bis 2018 werden es dann weitere knapp 14 Mrd. sein! Unglaublich, dass obwohl die negativen Auswirkungen der Kohle auf unser

Weltklima bekannt sind, diese alte und schlechte Technologie vom Staat unterstützt wird! Bei der Kernenergie ist das noch viel schlimmer. Die Gesamtsumme der Fördermittel, die Deutschland für die Atomenergie für den Zeitraum von 1950 bis 2010 aufgebracht hatte, betrug 203,7 Mrd. Euro. Dies beinhaltet Steuervergünstigungen, Kosten für Stilllegungen von Meilern, Forschung etc.

Markus schluckte.

"Wow, das ist ja der Hammer! Und wie sieht es mit den Subventionen für den Ökostrom aus?"

Emma lachte.

"Tja, jetzt wird's interessant, nicht wahr? Nach dem aktuellen Subventionsbericht der EU-Kommission erhielten die Atom- und Kohlekraftwerke in Deutschland mehr Subventionen als alle erneuerbaren Energien zusammen! Was aber viele überhaupt nicht berücksichtigen, ist die Tatsache, dass die Subventionen, die für Kohle-und Atomkraftstrom gezahlt wurden und werden, der Steuerzahler bezahlt. Die Förderung für die erneuerbaren Energien bezahlt aber in Form der EEG-

Umlage der Verbraucher! Das bedeutet, wir haben hier nicht nur eine Verschleierung der Tatsachen. Die immer wieder angebrachte Behauptung, dass der Ökostrom so teuer sei und dass die erneuerbaren Energien so viele Subventionen erhalten würden, ist vollkommen falsch! Hinzu kommt, dass es eine seitens der Regierungen gesteuerte Wettbewerbsverzerrung ist. Wenn die Subventionen für Atom und Kohle auf die Verbraucher verteilt werden würden, dann wäre es überhaupt keine Frage, alle wollten nur noch Ökostrom, weil der andere Strom viel zu teuer wäre!"

"Mann!" sagte Markus. "Ich fasse es nicht. Ich glaube, mir geht es jetzt wie Ihnen."

Emma sah ihn verwirrt an:

"Was meinen Sie?"

"Na, Sie sagten doch, je mehr Sie sich mit dem Thema Energiewirtschaft befasst haben, desto geschockter oder frustrierter wurden Sie."

Emma grinste ihn an.

"Ja, das habe ich gesagt. Und Ihnen geht es jetzt genauso?"

"Ja, ich hasse Barion!"

Emma lachte.

"Hah, Sie sind gut. Auch ich wurde wütend. Aber leider hat sich das nicht nur auf die großen vier Konzerne begrenzt. Auch die Politik hat seinen Teil zu dieser Entwicklung beigetragen. Und tut es noch immer. Aber das Schlimmste an der ganzen Sache ist die Verarschung der Menschen. Wir werden alle für dumm verkauft! Und dabei spielen alle mit. Die Wirtschaft, die Politiker und die Medien."

"Und diese Artikel, die Sie geschrieben haben, beziehen sich auf Unternehmen, die sich dem widersetzen wollten?"

Emma stutzte.

"Äh, ja. Hah, genau. Ich glaube, ich bin ein wenig abgedriftet. Entschuldigung."

"Nein, alles gut. Sie haben mir das gut erklärt. Jetzt habe ich auch eine viel bessere Grundlage um die ganze Problematik besser zu verstehen."

"O.K. Also, kommen wir wieder zu der Frage, warum ein Energiedienstleister zu so einem Problem für die großen vier Energie-konzerne wurde. Je mehr Menschen die Ziele von dem Unternehmen 'Energie Service' umsetzen, desto größer wird das Problem der großen Vier. Reduzierung des Stromverbrauchs, Produktion des eigenen Strombedarfs und Bezug ausschließlich von Ökostrom. Das wollten die Vier natürlich nicht zulassen. Also, was genau ist bisher passiert? Sie haben meine Artikel gelesen?"

"Ja, aber ich habe nicht alles verstanden."

"Kein Problem. Ich werde das mal für Sie erläutern. Daran beteiligt sind vier große Übertragungsnetzbetreiber, zahllose Verteilnetzbetreiber, im Volksmund meist Stadtwerke genannt, Anwaltskanzleien sowie der Energiedienstleister Energie Service und sein beauftragter Versorger, die Firma 'Blaustrom'. In Nebenrollen finden wir noch einige Medienvertreter ohne rechten Durchblick in der komplexen Materie sowie eine Bundesnetz-agentur mit einer sehr eigenwilligen Selbstinterpretation ihrer Aufgaben."

"Äh, was waren noch mal Übertragungsnetzbetreiber und diese Verteilerirgendwas?"

Emma lachte.

"Tschuldigung, kein Problem. Sie erinnern sich vielleicht daran, dass wir in Deutschland Energieversorger und Netzbetreiber haben."

"Ja, das ist klar."

"Gut. Bei der Versorgung haben wir die großen vier Energiekonzerne, die ca. 50% der Versorger in Deutschland kontrollieren und ca. 75% des verbrauchten Stroms liefern. In Deutschland sind vier sogenannte Übertragungsnetzbetreiber damit beauftragt, die Infrastruktur für die überregionalen Stromnetze zu betreiben. Das sind Dienstleistungsunternehmen, die der staatlichen Aufsicht unterliegen, also eigentlich unabhängig sein sollten. Sie heißen Net-ten, Volt, 70Ampere und EW. Verteilernetzbetreiber sind Unternehmen, meistens Stadtwerke, die den Strom zu den Verbrauchern leiten."

"Ah, gut alles klar."

"In 2012 verklagten fünf dieser Verteilernetzbetreiber 'Blaustrom', dass diese Firma kein Versorger sei und gewannen zur Überraschung aller Beteiligten. Bis zu den rechtskräftigen Urteilen war 'Blaustrom' ein normaler Stromversorger, der Ökostrom an die Verbraucher lieferte und deshalb auch die EEG-Umlage an die Netzbetreiber zahlte. Durch das Urteil des Dresdner Amtsgerichts vom   12. November 2012 stellte 'Blaustrom' die EEG-Zahlungen ein und kassierte logischerweise auch keine mehr. Aber sie forderte die großen vier Übertragungsnetzbetreiber zu Gesprächen über das offensichtliche Problem auf. Man glaubte, dass diese vier staatlich überwachten Unternehmen eine unabhängige und faire Überprüfung der Situation zustimmen würden. Die Übertragungsnetzbetreiber, die brave Bundesnetzagentur stets an ihrer Seite,"

"Stopp, wer war noch mal die Bundesnetzagentur?" fragte Markus. Man konnte merken, dass er sich immer mehr in diese spannende Geschichte hineinversetzen konnte.

"Die Bundesnetzagentur ist eine deutsche Regulierungsbehörde des Bundes und soll für die Aufrechterhaltung und die Förderung des

Wettbewerbs in den Netzmärkten sorgen. Eine weitere Aufgabe ist die Moderation von Schlichtungsverfahren. Unglaublich aber wahr, diese Bundesbehörde lehnte Gespräche ab, genauer gesagt: Sie reagierten noch nicht einmal auf die Einladung. Stattdessen schickten sie mit voller Absicht Zahlungsaufforderungen für die EEG-Umlage an 'Blaustrom', die gemäß Gerichtsurteilen die EEG-Umlage ja gar nicht mehr zahlen durfte und auch nicht mehr für ihre Kunden berechnete. Als 'Blaustrom' wie erwartet nicht zahlte, verklagten die Übertragungsnetzbetreiber 'Blaustrom' und behaupteten, dass sie nun doch Verbraucher mit Strom beliefere. Und somit EEG-Umlage zahlen müsste. Erneut gab es in der ersten juristischen Instanz eine Überraschung. 'Blaustrom' wurde am 25. September 2013 vom Leipziger Amtsgericht zur Zahlung der EEG-Umlage verurteilt, was ihr noch im November 2012 das Dresdner Amtsgericht durch ihr Urteil unmöglich gemacht hatte. Kein gesunder Menschenverstand konnte dies nachvollziehen. Ein Erfolg von begrenzter Dauer. 'Blaustrom' zahlte die geforderten Millionen obwohl sie diese nicht ihren Kunden berechnet hatte aus eigener Tasche und ging in Revision. Kein Wirtschaftsunternehmen kann und will unter sich widersprechenden juristischen Bedingungen arbeiten. Entweder man versorgt als Stromlieferant die Verbraucher oder eben nicht.

In der Revision siegten Gerechtigkeit und gesunder Menschenverstand über die Rechtsverdreher. 'Blaustrom' gewann am 04.11.2014 die Verfahren vor dem Oberlandesgericht Hamburg gegen die Übertragungsnetzbetreiber, diese mussten die Gelder zurück überweisen und trugen die nicht unerheblichen Kosten des Verfahrens. Die Übertragungsnetzbetreiber wollten Rache und erneut keine Gespräche führen, die seitens 'Blaustrom' vorgeschlagen wurden. Statt also das Problem zu lösen oder eine klärende Revision vor dem Bundesgerichtshof anzugehen, suchten die Übertragungsnetzbetreiber neue Opfer für ihre Millionenforderungen. Sie reichten nun eine Klage gegen den Energiedienstleister 'Energie Service' ein."

"Aber wenn ich das richtig verstanden habe, dann liefert der Energiedienstleiter keinen

Strom, also muss der auch keine EEG-
Umlage zahlen, richtig?" fragte Markus sicht-
lich aufgeregt.

Emma grinste erneut.

"Sie haben Recht. Den benötigten Strom lässt
er von anderen Unternehmen liefern. Also
sollte die Klage verworfen werden. Doch es
ist tatsächlich anders entschieden worden:
Am 24. Juni 2015 hat das Münchner Oberlandesgericht entschieden, dass die 'Energie
Service' ein Versorger sei und somit die
EEG-Umlage zahlen muss!"

"Häh? Aber das ist doch völliger Blödsinn!
Was soll das denn?"

Emma lachte.

"Tja, wie gesagt, die großen Konzerne haben
viel Macht und erreichen leider immer wieder auch mit eigentlich unlauteren Mitteln ihr
vermeintliches Recht!

Markus winkte ab.

"Das ist echt unglaublich. Und Frank Pohlmeier hat etwas rausgefunden, was Sie mit unlauteren Mitteln meinen?"

"Ich denke, er hat noch mehr und auch viel spektakuläreres entdeckt. Aber das werden wir nur herausfinden, wenn wir an seine Daten kommen."

Sie wand sich wieder dem Monitor zu und sah nach wie vor die Password-Anfrage.

"Und, haben Sie eine Idee, wie das Passwort lauten könnte?" fragte Markus.

Emma presste ihre Lippen zusammen.

"Mmhh. Also er hat mir sein Passwort nicht gegeben. Ich kann nur raten." sagte sie und wollte bereits den ersten Versuch starten.

"Stopp, warten Sie!" rief Markus.

"Was ist denn?" fragte Emma genervt.

"Was ist, wenn es eine Systemblockade nach dem dritten Fehlversuch gibt? Das ist doch bei der EC-Karte auch so, oder?"

Emma sah ihn verunsichert an.

"Stimmt, Sie könnten Recht haben. Also sollte ich vorher genau überlegen."

Sie kratzte sich an ihrem Kopf. Schaute nach oben und sagte:

"Also wir haben in den letzten Wochen viel Zeit miteinander verbracht. Er hat mich genauestens ausgefragt, was ich alles weiß über die beteiligten Firmen. Er hat mir allerdings eher weniger gesagt. Ich habe leider keine genauen Informationen, was er denn so herausgekriegt haben könnte. Aber wenigstens weiß ich ein paar Dinge aus seinem Privatleben und so." Sie dachte nach.

"Was nimmt man denn normalerweise? Was würden Sie für ein Passwort nehmen bei solch wichtigen Dingen?

"Also ich bin da eigentlich total simpel. Man muss doch heutzutage überall ein Passwort eingeben. Daher habe ich das auf zwei reduziert, die ich immer wieder verwende. Das wird mir sonst zu kompliziert." sagte Markus und lächelte ein wenig verschämt.

Emma grinste ihn an und sagte:

"Tja, das mache ich ähnlich. Ich verwende aber immer Zahlen und ändere die dann regelmäßig." Sie lehnte sich nach hinten und sagte:

"Ich werde mal etwas versuchen."

"Was denn?"

"Frank sagte mir, dass er mal verheiratet war. Und ich hatte den Eindruck, dass er seine Ex-Frau immer noch geliebt hatte. Sie hieß Susanne."

Also tippte Emma Susanne ein und drückte "enter". Leider erschien nur 'Zugriff verweigert'.

Sie sahen sich an.

"Und was jetzt?" fragte Markus.

"Mmhh, dann der nächste Versuch. Ich versuche noch einmal etwas privates, dass ich von ihm weiß. Als er meine Schneekugel dort sah, erzählte er mir, dass er gerne mal Urlaub in St.Moritz machen würde. Eigentlich hätte ich ihn so nicht eingeschätzt. Er war ein eher sonniger Typ. Aber egal. Dann gebe ich mal St. Moritz ein."

Markus sah die Schneekugel, nahm sie in die Hand und schaute sie sich genauer an. Es war eine Schneekugel aus Antigua. Markus stutzte.

"Eine Schneekugel aus Antigua? Das muss ich nicht verstehen, oder?"

Emma grinste.

"Tja, ich fand das auch sehr merkwürdig. Ich habe dort Urlaub gemacht. Und dann fand ich diese Schneekugel in einem Laden am Hafen. Der war voller Souvenirs. Und anscheinend kam die gut bei den Touristen an. In dem Laden konnte man einige Dinge kaufen, die Sie sich nicht vorstellen können. Hauptsache die Leute kaufen das. Auch in der Karibik ist die Marktwirtschaft angekommen. Aber egal. Wir haben hier was wichtigeres zu tun."

"Und wie wollen Sie St. Moritz schreiben?"

"Na, wie man es immer geschrieben sieht. Mit St."

Also gab sie 'St. Moritz' ein. Erneut konnten sie die Meldung 'Zugriff verweigert' lesen.

"Oh, man." rief Markus.

"Also, dann versuch ich mal etwas anderes. Für ihn war seine Arbeit wichtig, glaube ich.

Zumindest hatte ich den Eindruck gewonnen in den Wochen, in denen wir zusammengearbeitet hatte. Es geht ja um Wirtschaft, Energie, Politik...Ah, ich denke ich nehme 'Korruption'. Was denken Sie?"

"Ich habe doch keine Ahnung. Aber denken Sie daran, dass wir vielleicht nur noch diesen dritten Versuch haben..."

Emma sah ihn an.

"Ich weiß, aber was soll ich sonst machen? Ich könnte natürlich Lars, unseren IT-Spezi fragen, aber ich möchte eigentlich keinen unnötigen Staub aufwirbeln. Hinterher stellt sich heraus, das ist alles Unsinn. Oder es ist tatsächlich etwas wichtiges. Aber dann würde Lars, der Oberkorrekte, meinem Chef Bescheid geben und ich wäre raus. Und wer weiß was der dann damit macht. Nein, ich möchte es selber herausbekommen. Das bin ich Frank auch schuldig." sagte sie energisch. Dann tippte sie 'Korruption' ein und drückte die "enter"-Taste.

Sie hielten beide die Luft an. Es erschien wieder 'Zugriff verweigert'.

Sonst geschah nichts. Markus stieß Luft aus.

"Puh, dann scheint es wohl keine Sperre zu geben. Aber woher sollen wir denn jetzt das richtige Passwort wissen?"

"Ich hab da noch eine Idee." sagte Emma und tippte ein neues Wort ein.

Sie drückte die "enter"-Taste und es öffnete sich der Ordner.

"Wow!!" schrie Markus begeistert. "Was haben Sie eingegeben?"

Emma lachte.

"Pulitzer. Er sagte mir mal, sein größter Traum wäre es, den Pulitzer-Preis zu gewinnen. Und vielleicht haben wir hier das Material dazu vor uns."

5. Kapitel

Hamburg, Firmenzentrale von *Energie Service*

Miles Fitzpatrick saß wie immer an seinem Schreibtisch und bearbeite sein 'Schätzchen', wie er immer zu sagen pflegte. Er war der IT-Spezialist im Hause und mit seinen 30 Jahren schon weit in dieser Firma gekommen. Nicht nur, dass er für die IT verantwortlich war, er war der Herr über die Provisionen und schrieb alle Prozesse im Hause nieder. Und seit knapp einem Jahr war er Mitglied der Geschäftsleitung. Diese vielen Aufgaben und die hohe Verantwortung, die diese mit sich brachten, führten allerdings dazu, dass Miles sehr viel Zeit für das Unternehmen opferte und nur wenig Freizeit hatte. Jetzt könnte man vermuten, dass er wie viele IT-Spezialisten in ihrer eigenen Welt lebten und kaum das Haus verließen. Blass, dicklich und kaum soziale Kontakte, das ist das normale Erscheinungsbild eines IT-Spezialisten. So könnte man meinen. Doch bei Miles war das etwas anderes. Er war schlank, 1,83 Meter groß und hatte viele enge Freunde. Dass er nicht dicklich war, lag wahrscheinlich daran, dass er sich hauptsächlich von Ayran ernährte, einem auf Joghurt basierendem Erfrischungsgetränk, das hauptsächlich im Kaukasus und in der Türkei getrunken wurde. Man könnte bei seinem Namen - Fitzpatrick - zwar annehmen, dass er gerne Dunkles Bier, insbesondere Guinnes, trinken würde. Doch nur sein Name wies daraufhin, dass die Wurzeln seiner Familie in Irland zu finden waren. Seine Eltern waren kurz vor seiner Geburt nach Hamburg gezogen, hatten ihn aber eher liberal erzogen. Sein Vater trank gerne ein oder zwei Humpen Guinnes, doch übte er auch hier keinen Druck auf seinen Sohn Miles aus. Für Miles war der Erfolg von 'Energie Service' extrem wichtig. Nicht nur, dass er von Beginn an dabei war, er unterstütze zudem zu 100% die Philosophie des Unternehmens. Die Energiewende zu den Kunden bringen, die Macht der großen Konzerne brechen und die Umwelt schonen. Daher kam es ihm sehr gelegen, als ihn vor ein paar Wochen der Journalist Frank Pohlmeier ansprach. Er hatte einige Fragen zu den Vorkommnissen im Zusammenhang mit den Klagen bzgl. der EEG-Umlage. Und wollte alles wissen, was die Energiekonzerne gegen sein Unternehmen 'Energie Service' unternahmen. Er versprach, wenn Miles ihn mit Informationen versorgte, würde er seine Möglichkeiten als Journalist nutzen um dem kriminellen Treiben der Konzerne ein Ende zu setzen. Das hörte sich für Miles gut an. Daher hatte er zugestimmt und Frank ein paar entsprechende Unterlagen ausgehändigt. Frank versprach ihm, das er sich demnächst melden würde und mit ihm darüber sprechen wollte. Dabei sagte er auch, dass er selber einige brisante Informationen hätte, die Frank dann auch mit ihm besprechen wollte. Das war jetzt eine Woche her und seit dem hatte Miles nichts mehr von ihm gehört.

"Dann werde ich ihn mal anrufen." sagte Miles und wählte Franks Handynummer. Es klingelte mehrmals doch keiner nahm ab. Es meldete sich auch nicht die Mailbox.

"Merkwürdig." sagte Miles nachdenklich. Dann nahm er einen Schluck Ayran und wählte eine andere Nummer.

Hamburg, Büro von Emma Bardtke

Markus und Emma sahen gebannt auf den Bildschirm. Der Ordner hatte sich geöffnet und sie konnten vier Dateien sehen. Markus las die Bezeichnungen der Dateien, es waren alles pdf's.

'Eidesstattliche Erklärung'; 'Sitzungsprotokoll'; 'Petra Kelly'; 'PC'

Emma sah Markus an.

"Wow, das sieht ja spannend aus."

"Ja," sagte Markus. "Petra Kelly, wer war das noch mal?"

Gerade als Emma antworten wollte, klingelte ihr Telefon.

Emma zuckte kurz zusammen und nahm dann vorsichtig den Hörer auf.

"Ja?"

"Hallo Emma, hier ist Marion."

"Hallo Marion, was gibt es ?"

"Hier ist ein Herr Fitzpatrick am Telefon, der will dich sprechen. Kennst du denn?"

Emma überlegte. Sie hielt ihre Hand über die Sprechmuschel und fragte Markus.

"Da will mich ein Herr Fitzpatrick sprechen. Haben Sie den Namen schon einmal gehört?"

"Nee, keine Ahnung, wer das sein soll."

"O.K. Stell ihn bitte durch."

" Emma Bardtke." meldete sich Emma.

"Guten Tag, mein Name ist Miles Fitzpatrick. Ich versuche Herrn Pohlmeier zu erreichen. Können Sie mir da weiterhelfen?"

Emma schluckte und wurde etwas blass. Markus sah sie besorgt an und fragte:

"Was ist los?"

Emma nahm einen Schluck Kaffee. Dann sagte sie:

"Meinen Sie Frank Pohlmeier?"

"Ja."

"Wissen Sie es denn noch nicht?"

"Was denn?"

"Frank Pohlmeier ist gestern gestorben."

"Wie bitte?" fragte Miles.

Emma kämpfte erneut mit den Tränen. Sie schluckte.

"Ja, Frank wurde gestern von einem Auto überfahren und ist noch vor Ort gestorben."

"Was??!! Überfahren? Aber wer war das denn?"

"Der Autofahrer begann Fahrerflucht. Bisher hat man noch keine Ahnung wer der Fahrer war. Zumindest hat uns die Polizei noch nichts in dieser Richtung gesagt. Woher kannten Sie ihn denn? Wieso wollten Sie ihn sprechen?"

"Vor ein paar Wochen wandte sich Herr Pohlmeier an mich und wollte mit mir über verschiedene Dinge sprechen."

"Welche Dinge?"

"Na, ja. Deshalb habe ich ja auch bei Ihnen angerufen. Herr Pohlmeier sagte mir, dass ich Sie anrufen sollte, falls ich ihn nicht erreichen kann. Er sagte, dass Sie mit ihm zusammen arbeiten würden. Stimmt das?"

"Kommt darauf an. Um welche Dinge handelt es sich denn, die er mit Ihnen besprochen hat."

"Ich arbeite bei 'Energie Service'. Und es geht um die Klagen bzgl. der EEG-Umlage und noch um andere Punkte."

"Es stimmt. Ich habe mit Frank an einem größeren Bericht über die Energiewirtschaft gearbeitet."

"Gut. Können wir uns treffen?"

Emma sah auf die Uhr. Es war jetzt 11:30 Uhr. Sie überlegte.

"Kommen Sie in mein Büro in der Zentrale vom Hamburger Abendblatt. Wann könnten Sie hier sein?"

Miles überlegte nicht lange.

"Ich denke in 30 Minuten kann ich bei Ihnen sein. Also gegen 12:00Uhr."

"Gut, ich sage am Empfang Bescheid, dass ich Sie erwarte."

"Sehr gut. Bis gleich." sagte Miles und legte auf.

Markus sah Emma erwartungsvoll an.

"Und, was wollte der ?"

"Das war ein gewisser Miles Fitzpatrick. Er arbeitet bei 'Energie Service' und behauptet, dass er mit Frank irgendwie im Kontakt war. Er konnte ihn nicht erreichen und da er wusste, dass ich mit Frank an einem Bericht arbeite, rief er hier an."

"Was hat der denn mit Frank Pohlmeier besprochen?"

Emma zuckte die Schultern.

"So genau hat er sich auch nicht ausgedrückt. Er bezog sich nur auf die Klagen bzgl. der

EEG-Umlage. Auf jeden Fall war es ihm wohl wichtig mit mir zu sprechen. Er wird in einer halben Stunde hier sein. Dann werden wir mehr erfahren. Aber jetzt möchte ich mir mal die Dateien ansehen."

Sie klickte auf das erste Dokument mit der Bezeichnung 'Eidesstattliche Erklärung'. Es öffnete sich ein pdf. Emma und Markus sahen gebannt auf die erste Seite. Beide lasen die ersten Zeilen, sahen sich erstaunt gegenseitig an und Markus sagte:

"Wow, das glaub ich nicht. Das ist ja der Hammer!"

"Unfassbar!" sagte auch Emma. Sie lasen das Dokument zu Ende. Was sie lesen konnten, übertraf alles, was sie bisher zu dem Thema Korruption in der Energiewirtschaft wussten oder geahnt hatten. Das Dokument war eine eidesstattliche Erklärung von Klaus Franzen, Vorstandsmitglied von Barion, eines der großen vier Energiekonzerne. In dieser Erklärung beschrieb er die Vorgehensweise seines und zwei weiterer Energiekonzerne, die er allerdings nicht beim Namen nannte, im Zusammenhang mit den Konkurrenzunternehmen' Energie Service' und 'Blaustrom'. Laut seiner Angaben beeinflussten Barion und die beiden anderen Konzerne eine Vielzahl von Netzbetreiber und Stromversorger bzgl. der Behandlung von 'Energie Service' und 'Blaustrom'. Sie bewirkten, dass der Wechselprozess bewusst behindert wurde. Laut der eidesstattliche Erklärung von Herrn Franzen hatte Barion unter anderem bewusst falsche Daten - z.B. Stromzählernummern- gespeichert, um dies dann als Grund für eine Ablehnung des Wechsels zu 'Blaustrom' zu verwenden. Dieses Vorgehen haben sie auch von anderen Unter-nehmen, die sie beeinflussten, gefordert. Durch den großen Einfluss von Barion und den anderen Konzernen sollten laut Klaus Franzen ca. 45% aller Netzbetreiber und Versorger in Deutschland daran beteiligt gewesen sein.

Nachdem Markus den Text gelesen hatte, sah er Emma fragend an.

"Man, das ist ja Wahnsinn. Ich meine, hier haben wir den Beweis, dass sich diese Konzerne abgesprochen haben und einen Konkurrenten mit unlauteren Methoden bekämpft haben. Aber, wenn ich ehrlich bin, ich kann nicht ganz verstehen, was denn so schlimm daran sein soll, wenn man so einen Wechsel behindert. Dann prüft man die Daten, startet den Wechsel noch mal und beginnt dann eben etwas später mit der Versorgung. Wo ist das Problem?"

Emma seufzte.

"Tja, wenn wir hier von ein paar wenigen Fällen reden würden, wäre das kein Problem. Aber es sieht da ein wenig anders aus. Zum Einen reden wir hier von ein paar Hunderttausend Kunden. Und da bedeutet natürlich jede verlorene Woche und jeder verlorene Monat viel Geld. Dadurch wollten Barion und die anderen den Konkurrenten natürlich direkt finanziell schaden. Und zum Anderen hat die zeitliche Verzögerung natürlich auch Einfluss auf die Kundenzufriedenheit. Als ich mich mit dem Thema rund um 'Energie Service' und 'Blaustrom' beschäftigt hatte, da habe ich natürlich auch im Internet nach Meinungen und Kundenbeschwerden für diese beiden Unternehmen gesucht. Sehr viele haben sich über die Dauer des Wechsels beschwert. Oder dass man bei Nachfragen von 'Energie Service' immer nur die Information erhalten hatte, dass sich der Kundenauftrag im Wechselprozess befindet und man nicht mehr sagen könne. Das haben die Kunden natürlich nicht geglaubt. Sie haben der 'Energie Service' die Schuld gegeben, dass es nicht läuft. Dabei waren anscheinend meistens nach Aussage von diesen Herrn Franzen die anderen beteiligten Unternehmen dafür verantwortlich. Also hatte die Strategie von Barion auch hier Erfolg. Die Kunden wurden unzufrieden, beschwerten sich , gingen ins Internet damit und machten schlechte Stimmung."

Emma sah Markus an.

"Ich habe Ihnen ja schon gesagt. Die großen Vier tun alles um ihre Machtposition zu halten. Wenn ein Konkurrent auf den Markt erscheint, versuchen sie erst ihn aufzukaufen. Wenn das nicht klappt, dann wenden sie unlautere Mittel an. Was Klaus Franzen hier beschreibt, sind diese Mittel. Und dann überziehen sie den Konkurrenten mit unsinnigen Klagen um ihn weiter finanziell zu schaden und nervlich aufzureiben. Das ist schon heftig. Wahnsinn, dass Frank diese eidesstattliche Erklärung hatte. Aber woher hatte er die nur?"

"Tja, das würde ich auch gerne wissen. Von wann ist die denn eigentlich?"

Er suchte das Datum.

"Ah, 25. März 2016. Hm, das ist jetzt knapp vier Monate her. Wieso hat man denn noch nichts davon gehört?"

"Wer weiß. Vielleicht wollte man erst noch weitere Beweise sammeln. Aber lass uns doch mal das nächste Dokument anschauen."

Sie zuckte zusammen.

"Oh, Entschuldigung. Jetzt habe ich Sie gedutzt."

Markus lachte. "Ach, kein Problem. Ich bin Markus." sagte er und nickte ihr kurz zu.

Emma sah ihn ein wenig schüchtern an.

"Ich bin Emma. Dann wollen wir mal schau'n was wir hier haben".

Sie klickte das nächste Dokument mit der Bezeichnung 'Sitzungsprotokoll' an.

Wieder öffnete sich ein pdf. Es trug die Überschrift: Sitzungsprotokoll vom 10.Dezember 1974. Teilnehmer: Dr. Franz Kürtgen (Vorstandsvorsitzender Barion), Dr. Gerd Krause (Vorstandsvorsitzender TOP-Energie), Dr. Karl Mauser (Vorstandsvorsitzender EinsBW), Hans Meininger (Ministerpräsident Baden Württemberg), Franz-Josef Vogel(Parteichef CSU), Wilfried Hasselmann (Vorsitzender CDU Niedersachsen)

Anlass der Sitzung:

Zukunftsweisende Antworten auf die Ölkrise und Strategie für deren Umsetzung

Emma und Markus sahen sich perplex an.

"Ein Sitzungsprotokoll aus dem Jahre 1974?Was hat das denn hiermit zu tun?" fragte Markus.

"Warte mal ab. Lass uns das mal in Ruhe durchlesen. Ich glaube nicht, dass Frank dieses Protokoll ohne Grund hier abgespeichert hat."

Also lasen sie das Protokoll weiter. Als sie den letzten Satz gelesen hatten, herrschte Stille. Beide hingen erst einmal ihren Gedanken nach. Markus nahm sich seine Kaffetasse und trank einen Schluck. Er zuckte zusammen.

"Bäh, eklig, der ist ja kalt."

Emma lachte.

"Tja, wir sind ja auch schon lange hier." Sie zeigte auf das Protokoll.

"Das ist doch der Hammer, oder?"

Markus zog seine Augenbrauen hoch.

"Ja, echt. Schwarz auf weiß die Korruption der Politik und der Energiewirtschaft."

Im Protokoll wurde festgehalten, wie die Energiekonzerne dafür sorgen wollten, dass sie von der Ölkrise profitieren und langfristig ihre Gewinne sichern und sogar noch ausbauen konnten. Die anwesenden Politiker der CDU und CSU sicherten den Vorstandsvorsitzenden zu, ihre Politik darauf auszurichten, die Atomkraft weiter zu stärken, zu schützen und der Bevölkerung klar zu machen, dass sie die einzig wahre Lösung für die Sicherstellung der Energieversorgung sei. Im Gegenzug sicherten die Energiekonzerne die weiterhin großzügigen Spenden für die beiden Parteien zu.

Gerade als Emma etwas sagen wollte, klingelte ihr Telefon. Sie nahm den Hörer ab.

"Ja?"

"Hallo Emma, Marion hier. Erwartest Du einen Miles Fitzpatrick?"

"Ja, sicher. Du kannst ihn raufschicken. Danke Marion."

Markus sah Emma an.

"Und? Wer war das?"

"Dieser Miles Fitzpatrick ist unten. Marion bringt ihn hoch."

Markus ging zur Kaffekanne und goss sich noch einen neuen Kaffee ein. Er lächelte Emma an.

"Da bin ich aber mal gespannt."

"Ich auch."

Es klopfte an der Tür.

"Herein." sagte Emma.

Die Tür ging auf und Marion erschien. Marion war eine schlanke Blondine, Ende Zwanzig und trug ein dunkelgrünes Kostüm.

"Hallo Emma. Ich habe Herrn Fitzpatrick mitgebracht."

Sie drehte sich um und machte die Tür für Miles Fitzpatrick frei.

"Danke, Marion." sagte Emma, stand auf und lächelte Miles an.

"Guten Tag, Sie sind Miles Fitzpatrick?"

Miles trat in ihr Büro, kam ihr entgegen und reichte ihr die Hand.

"Ja. Guten Tag. Und Sie sind Emma Bardtke?"

Emma schüttelte seine Hand und sagte:

"Genau. Das ist Markus Funk." Sie zeigte auf Markus, der jetzt Miles die Hand gab.

"Guten Tag." sagte auch Markus.

"Bitte setzen Sie sich doch." sagte Emma und deutete auf den noch freien Stuhl am Tisch.

"Möchten Sie einen Kaffee?"

"Nein, danke." sagte Miles und nahm Platz.

"Also, Herr Fitzpatrick. Sie sagten, dass Sie mit Frank Pohlmeier Kontakt hatten. Was genau haben Sie denn mit ihm besprochen?"

Miles lächelte etwas unsicher.

"Also, erst einmal möchte ich noch mal kurz nachfragen. Frank ist von einem Auto überfahren worden und er ist tot?"

"Ja. Das sagte ich Ihnen ja schon am Telefon. Wieso?"

"Naja, und Sie sagen, die Polizei geht von einem Unfall und Fahrerflucht aus?"

Emma nickte.

"Ja. Denken Sie denn, dass das nicht stimmt?"

Miles sah kurz auf den Boden, atmete tief ein und stieß die Luft aus.

"Das ist es ja eben. Ich kann es mir zwar eigentlich nicht vorstellen, aber nach den Gesprächen mit Herrn Pohlmeier und seinen ständigen Bemerkungen..."

"Was meinen Sie damit?" hakte Markus nach.

Miles sah ihn an, dann Emma. Er wirkte etwas verunsichert, was er sagen sollte. Schließlich hob er kurz die Hände an und sagte:

"O.K. Was soll's? Herr Pohlmeier hatte mich kontaktiert, weil er behauptete, er hätte brisante Informationen über Machenschaften der großen Energiekonzerne. Und zwar ging es da um die Beziehung zur Politik und um Korruption. Daher wollte er von mir weitere Daten oder Unterlagen im Zusammenhang mit den Klagen bzgl. der EEG-Umlage." Er sah Emma an.

"Sie haben ja bereits einige Artikel darüber geschrieben."

"Ja, das stimmt."

"Ich dachte mir, gut, wenn er uns da irgendwie helfen kann, dann gebe ich ihm Informationen. Ich konnte ja nicht ahnen, dass sich das so entwickeln würde." sagte er etwas entschuldigend.

"Was haben Sie ihm denn gegeben?" fragte Markus.

"Ich habe ihm eine eidesstattliche Erklärung eines Mitglieds des Vorstands von Barion gegeben."

Emma und Markus sahen sich an. Markus hob seine Augenbrauen, überlegte und nickte ihr zu.

"Die kennen wir."

"Was?! Wieso?"fragte Miles verblüfft.

"Ich habe einen USB-Stick, der gehörte Frank Pohlmeier. Ich habe keine Ahnung, wie ich den bekommen habe. Auf einmal war er in meinem Beutel. Egal, auf jeden Fall befinden sich auf diesem USB-Stick einige Dokumente, die Herr Pohlmeier wohl zusammen gestellt hatte. Unter anderem auch diese eidesstattliche Erklärung."

"Jetzt versteh ich gar nichts mehr. Sie haben einen USB-Stick von Herrn Pohlmeier auf dem sich Dokumente befinden?"

"Ja. Zeitungsartikel von Emma und andere Dokumente. Eins davon ist diese Erklärung. Wieso haben Sie das denn Herrn Pohlmeier gegeben und sind damit nicht direkt an die

Öffentlichkeit gegangen? Ich mein, das ist doch der Hammer, was dort drin steht."

Miles seufzte.

"Ja, ich weiß. Aber das war noch zu wenig."

Er sah Emma an.

"Sie haben doch die Artikel geschrieben. Dann wissen Sie ja auch, dass wir es hier mit mächtigen Gegnern zu tun haben. Die anscheinend vor nichts zurückschrecken....Selbst vor Mord."

Emma sah ihn erschrocken an.

"Mord?! Wie meinen Sie das?"

"Tja, Unfall mit Fahrerflucht? Das glauben Sie doch wohl selbst nicht. Das waren die!"

"Moment," sagte Markus "wollen Sie etwa damit sagen, dass Herr Pohlmeier absichtlich überfahren wurde?"

"Ich weiß es nicht! Aber wenn man bedenkt, dass Herr Pohlmeier anscheinend an einer Sensation dran war. So hat er mir das zumindest deutlich gesagt." Er schüttelte den Kopf.

"Aber Mord? Das ist heftig."

"Also jetzt mal ganz langsam." sagte Emma.

"Ja, Frank hat mir auch immer gesagt, dass er da was ganz brisantes aufgedeckt hat und er nur noch die letzten Beweise zusammentragen wollte. Aber ich dachte da immer an Korruption und nicht an Mord."

"Jetzt verstehe ich auch Petra Kelly." sagte Markus.

Emma und Miles sahen ihn fragend an.

"Ja, da ist doch noch die Datei, die Petra Kelly heißt."

"Ja, stimmt." sagte Emma.

"Bitte? Worum geht es?" fragte Miles

Emma sah ihn .

"Wir haben doch gesagt, dass sich neben meiner Artikel um die Klagen wegen der EEG-Umlage und Ihrer Firma auch noch andere Dokumente auf dem Stick befinden. Die eidesstattliche Erklärung, ein sehr interessantes Protokoll und eine Datei mit der Bezeichnung Petra Kelly."

"Ein Protokoll?"

"Moment." sagte Emma und drehte sich zu Ihrem Monitor um. Sie klickte ein paarmal und der Drucker summte.

"Hier, ich druck Ihnen das Protokoll aus. Lesen Sie es sich durch. Ich werde dann schon mal die 'Petra Kelly'-Datei öffnen."

Als der Ausdruck fertig war, nahm sich Miles die Blätter und begann zu lesen.

Währenddessen klickte Emma auf die Datei und es öffnete sich ein pdf. Es trug die Überschrift 'Der Auftragsmord'.

Emma und Markus staunten auf die Überschrift.

"Jetzt bin ich aber mal gespannt." sagte Markus.

Beide lasen sich den Text langsam durch. Es war ein seltsamen Bild. Markus und Emma lasen sich den Text über Petra Kelly durch und Miles hatte gerade das Sitzungsprotokoll zu Ende gelesen. Im Raum herrschte Stille. Miles musste noch das gerade Gelesene verarbeiten und Emma und Markus verschlug es die Sprache, je mehr sie erfahren hatten. Als sie fertig waren, lehnten sie sich beide auf ihren Stühlen zurück und atmeten laut aus. Miles sah sie an und wedelte mit den Blättern in seiner Hand.

"Das ist der Hammer! Jetzt versteh ich auch, was Herr Pohlmeier meinte. Aber worauf hat er denn noch gewartet? Das ist doch eindeutig!?" sagte er und sah Emma fordernd an.

Emma musste sich selber erst kurz sammeln. Dann lächelte sie und sagte:

"Der Inhalt ist zwar eindeutig, aber leider von niemanden unterschrieben und somit ohne jede Beweiskraft. Das könnte theoretisch jeder geschrieben haben."

"Stimmt. " Er senkte den Kopf. Dann hob er ihn wieder und fragte schließlich:

"Und was steht in diesem 'Petra Kelly'-Dokument?"

"Es ist zum Einen eine kurze Zusammenfassung von Petra Kellys Denken und Wirken und zum Anderen - und das ist denke ich das tatsächlich brisante - der Vorwurf, dass sie nicht von ihrem Lebenspartner Gert Bastian erschossen wurde und dieser dann sich selber umbrachte."

"Sondern?" fragte Miles aufgeregt.

"Tja," sagte Emma. "Da schließt dich der Kreis. Von der Energiewirtschaft."

6. Kapitel

Miles runzelte die Stirn.

"Nee, das glaube ich jetzt nicht. Also für mein besseres Verständnis. Bitte klären Sie mich auf."

Emma nahm wieder einen Schluck aus der Kaffetasse, sah auf den Monitor und sagte:

"Petra Kelly wird hier wie folgt beschrieben. Sie wurde von einem starken Bestreben angetrieben, die verschiedensten atomkritischen und friedensbewegten Strömungen miteinander zu verknüpfen. Nicht nur in Europa, sondern weltweit Netzwerke zu schaffen: von den amerikanischen Friedensaktivisten, russischen Dissidenten, über Tibet, bis hin zu den japanischen Nipponzan Myohoji-Mönchen. Ihre vorausgreifenden Gedanken hatten immer etwas Radikales, eine kompromisslose Qualität, wollten von der Wurzel her verändern. Und sie hatte den Mut, sich überall lautstark öffentlich einzumischen."

Emma zeigte auf den Monitor.

"So steht es hier. Es werden drei Beispiele genannt. Ich lese mal vor:

Wer brachte vor ihr in der bundesdeutschen Politik die Menschenrechtsverletzung in Tibet ins Gespräch? Erst als der Dalai Lama den Friedensnobelpreis verliehen bekam wurde Tibet hier offiziell als Thema wahrgenommen!

Oder das zweite Beispiel:

Wer schuf als Erster eine Lobby-Arbeit für krebskranke Kinder? Eben erst 23 Jahre alt war Petra Kelly, als Leiden und Tod ihrer kleinen Schwester Grace ihr dazu den Anstoß gaben.

Das dritte Beispiel:

Ganz typisch für Petra war auch ihr ständiger Kontakt zu den Bürgerrechtsfreunden am Prenzlauer Berg zu DDR-Zeiten: sie benutzte jede Gelegenheit, hinüber zu fahren, brachte dabei jedes Mal wichtige, in der DDR nicht erhältliche Bücher, Druckpatronen und tausend ermutigende Gedanken mit und versäumte auch hier nie, gleichzeitig die Menschenrechts-verletzungen anzuprangern.
Sehr gut erinnere ich mich an ihre Vorbereitung eines Honecker-Besuchs: genau nach ihrer Vorstellung malte ich auf das T-Shirt, das sie dazu unter ihrer Jacke tragen würde, das "Schwerter zu Pflugscharen" - Symbol."

"Ja, genau. 'Schwerter zu Pflugscharen' das kommt mir bekannt vor. Aber, das ist schon komisch. Es hört sich ja wie ein persönliches Erlebnis an. Wer hat das geschrieben?" fragte Miles.

"Moment, ich schau mal nach. Da steht nur, dass dies Erinnerungen einer damaligen engen Freundin von Petra Kelly sein sollen. Das ist natürlich nicht so gut. Aber egal. Was steht hier noch wichtiges? 'Durch ihre unbedingte Hingabe an die Sache selbst und ihr mitreißendes Charisma hat sie unendlich viele Menschen in Bewegung und viele Prozesse in Gang gebracht. Ohne sie wäre die 'Grüne Bewegung' bis hin zum Ökologischen Bewusstsein unserer Gesellschaft heute wohl nicht denkbar.' Interessant, nicht wahr?" fragte Emma.

"Ja, wie es aussieht, hatte sie sich mit ihrem Einsatz aber nicht nur Freunde, sondern auch Feinde gemacht." sagte Markus.

Miles sah ihn an:

"Ach so, weil sie angeblich nicht von diesem Bastian erschossen wurde?"

"So sieht es aus." sagte Emma. "Hier sind Berichte, die daran zweifeln lassen."

"Was für Berichte?"

"Naja, zum Einen haben wir hier die Kopien eines Obduktionsberichtes und eines Tatortprotokolls der Polizei. Beide widersprechen der Version, die später veröffentlicht wurden. Hier steht etwas von Spuren, die man gefunden hatte, die eindeutig beweisen, dass eine dritte Person am Tatort war. Man fand Fußabdrücke in der Blutlache. Und die Körperhaltung von Gert Bastian und die Stelle, an der man die Pistole gefunden hatte, passen nicht zu der Selbstmord-Theorie. Diesen Spuren wurde aber offiziell nicht nachgegangen. Hier sind auch die beiden Berichte, die man der Presse übergab. Da werden diese beiden Punkte nicht erwähnt. Anscheinend gab es damals sogar viele Personen, die nicht an den Selbstmord glaubten."

"Wieso? Wer denn?" fragte Miles.

"Ein *Offener Brief vom 9.November 1992*, der die Einsetzung eines unabhängigen Untersu-chungsausschusses forderte, wurde von vielen Menschen unterzeichnet, die nach wie vor glaubten, dass der gewaltsame Tod von Petra Kelly und Gert Bastian weder Mord und Selbstmord noch Doppelselbstmord waren sondern ein Werk der Geheimdienste, möglicherweise der Atom-Mafia. *Zu den Unterzeichnern gehörte unter anderen Konstantin Wecker."*

"Das hört sich ja alles sehr spannend und schlüssig an, aber das dann als 'Auftragsmord' zu bezeichnen, halte ich doch wohl für gewagt." warf Miles ein.

"Stimmt." gab ihm Emma Recht. "Leider ist das nicht beweiskräftig. Das würde jeder Anwalt auseinanderpflücken. Frank muss noch etwas anderes, stichhaltigeres gehabt haben. Sonst hätten die ihn nicht umgebracht."

"Sie sagten, dass Frank von Ihnen die eidesstattliche Erklärung erhielt. Ist das richtig?" fragte Markus an Miles gewandt.

"Ja. Er hat es von mir."

Markus pustete aus:"Und warum haben Sie nichts damit gemacht? Ich meine, an die Öffentlichkeit zu gehen oder so?"

"Das wollten wir ja! Ich habe mir ja schon was dabei gedacht, als ich Herrn Pohlmeier die Unterlagen gab. Er schien mir sehr seriös zu sein und hatte eine gute Strategie."

"Strategie? Was meinen Sie damit?" fragte Emma.

"Er hatte vor, mit Ihnen zusammen diesen gut recherchierten Bericht zu schreiben. Er wollte Ihnen erst alles sagen bzw. komplett einweihen, wenn er alles zusammen hatte."

Miles sah auf den Boden.

"Tja, und jetzt ist es wohl zu spät."

"Wieso zu spät?"

"Was glauben Sie denn? Ich werde nicht an die Öffentlichkeit gehen. Das reicht nicht aus. Oder wie sehen Sie das?" fragte Miles an Emma gewandt.

Emma dachte kurz nach.

"Also, bis auf die eidesstattliche Erklärung ist der Rest nur Spekulation. So wird das Frank aber auch gesehen haben. Er muss noch mehr gehabt haben."

"Wie haben Sie eigentlich dies Erklärung bekommen?"

"Herr Franzen hat wohl ein schlechtes Gewissen bekommen und hat sich an uns gewandt. Ihm war es egal, was wir damit machen. Ich war auch sehr überrascht, dass er auf einmal damit ankam. Aber, egal. Mir soll's Recht sein. Das habe ich Herrn Pohlmeier auch gesagt. Daher sagte er mir auch, dass er Herrn Franzen besuchen möchte. Vielleicht würde er noch etwas rauskriegen."

Markus blickte auf.

"Wie? Noch etwas rauskriegen? Gibt es denn noch mehr Beweise?"

"Keine Ahnung."

"Vielleicht auf seinem Laptop." warf Emma ein.

Gleichzeitig sahen Miles und Markus Emma an.

"Ja. Frank hatte selbstverständlich einen Laptop. Dieser Stick muss ja nicht alles enthalten, oder?"

"Na klar!" rief Markus aus. "Wir brauchen seinen Laptop!"

Emma grinste.

"Und ich weiß auch schon, wie wir ihn bekommen."

"Wie meinst du das?", fragte Markus.

Emma machte die oberste Schublade ihres Schreibtisches auf, suchte kurz etwas und holte einen kleinen Ring mit zwei Schlüsseln daran hervor. Stolz hielt sie ihn hoch.

"Damit kommen wir in Franks Wohnung."

"Woher hast du den denn?"

"Wir haben ja schon ein paar Monate an unserem Bericht gearbeitet. Da hat mir Frank seinen Schlüssel gegeben."

Markus sah sie verwirrt an.

"Äh, nein. Nicht was du jetzt denkst. Ich habe seine Blumen gegossen und seine Fische gefüttert, wenn er länger unterwegs war..."

Miles hob die Hand.

"Also gut. Bis hier und nicht weiter. Ich werde jetzt wieder fahren. Das müssen Sie alleine machen. Zum einen habe ich viel zu tun und zum anderen möchte ich mich nicht strafbar machen."

"Strafbar?"

"Ja, wenn Sie dann in der Wohnung sind, werden Sie doch mit Sicherheit alles durchsuchen und ggf. den Laptop entwenden, richtig?"

"Ja, das wäre möglich. Wir wollen doch etwas Handfestes haben. Sie nicht auch?"

Miles nickte.

"Ja, schon. Aber direkt möchte ich nicht beteiligt sein. Also ich fahre jetzt wieder ins Büro. Wenn Sie was finden sollten und Fragen haben, können Sie mich gerne anrufen."

Er holte seine Visitenkarte heraus und gab sie Emma.

"Hier, meine Handynummer. Rufen Sie mich dann an. Ich bin sehr gespannt. Und..viel Glück!"

Er stand auf und verließ das Büro.

7. Kapitel

Emma blickte Markus an.

"So. Ich denke wir können los."

Markus sah sie fragend an.

"Los? Wohin?"

"Zu Frank natürlich."

Sie schaltete ihren Computer und den Monitor aus, nahm den Schlüssel von Franks Wohnung, legte ihn in ihre Handtasche und stand auf.

"Kommst du mit?"

"Natürlich. Jetzt bin ich schon so weit, dann will ich auch den Rest mitmachen."

Emma lächelte ihn an.

"Keine Angst vor Straftaten?"

Markus sah sie fragend an.

"So wie Herr Fitzpatrick. Ich denke, wir könnten da etwas Verbotenes machen."

"Ach, das ist kein Problem. Wenn wir mit den Informationen, die wir evtl. auf Herrn Pohlmeiers Laptop finden, etwas Gutes erreichen und diesen scheiß Konzernen schaden können, kann ich auch mal fünfe gerade sein lassen."

Emma lächelte ihn an.

"Mh, das gefällt mir."

Miles erreichte die Tiefgarage und ging zu seinem Wagen. Es war ein schwarzer Tesla S. Gerade als er die Fernsteuerung drückte, damit das Türschloss sich öffnete, erschien ein großer Mann hinter ihn, umschlang seinen Brustkorb mit dem linken Arm und mit der rechten Hand drückte er eine kleine Spritze in den Hals von Fitzpatrick und spritzte die helle Flüssigkeit hinein. In Sekundenschnelle wurde Fitzpatrick bewusstlos und sackte in den starken Armen des Mannes zusammen.

Hamburg Sternschanze, Am Schulterblatt

Markus stand hinter Emma und sah sich immer wieder etwas unsicher um.

"Was machst du denn da? Unauffälliger geht's nicht mehr, oder?"

"Entschuldigung, ich bin nun mal etwas nervös. Ich steige normalerweise nicht in fremde Wohnungen ein."

"Entspann dich. Ich bin hier nicht fremd, also ist es keine fremde Wohnung." Sie hob ihren Schlüssel und ließ ihn klimpern.

"Siehst du? Alles gut. Wir brechen nicht ein, wir machen jetzt ganz normal die Tür auf und gehen rein."

Sprach es und öffnete die Tür.

"Du hast das Polizeisiegel zerbrochen!" rief Markus entsetzt.

"Upps. Sowas. Egal, los komm. Ich habe hier was zu erledigen."

Sie betraten einen langen, schmalen Flur, dessen Fliesenboden schwarz und Wände weiß gestrichenen waren. Emma nahm die erste Tür links. Sie kannte sich hier aus. Markus folgte ihr. Sie standen in einem typisch eingerichteten Arbeitszimmer eines Journalisten. Die Regale an den Wänden waren überfüllt mit Büchern, Heften, Ordnern, die völlig durcheinander lagen. Ebenso auf dem Boden und einem Sideboard. Auch auf dem Schreibtisch lagen viele Zettel, Ordner und anderer Krimskrams herum. Eine typische, schwarze Schreibtischlampe befand am linken Rand des Schreibtischs. Hier konnte Markus auch das Telefon sehen. Auf dem Boden lagen einige Unterlagen herum, am linken, hinterem Ende des Raumes befand sich das Aquarium, das Emma erwähnte. Es stand auf einem passenden, dunkelbrauen Schrank. Da die Fenster durch keine Vorhänge oder Jalousien verdunkelt waren, konnten sie alles gut erkennen.

"Wo fangen wir an?"

Markus zuckte mit den Schultern.

"Keine Ahnung. Ich habe noch keine fremde Wohnung durchsucht."

Emma sah ihn genervt an.

"Ist ja gut. Ich werde mich mal hier umschauen."

Sie ging eher ziellos durch den Raum, hob hier und da Unterlagen hoch, aber schien genauso unsicher zu sein wie Markus.

"Da ich schon mal hier bin, werde ich mal schnell die Fische füttern."

Erst jetzt nahm Markus das Aquarium und die Fische genauer wahr. Er hatte keine Ahnung von Fischen, sie haben ihn nie interessiert. Emma hingegen wusste anscheinend genau, was sie zu tun hatte. Gekonnt öffnete sie die Schranktür, auf dem das Aquarium stand und holte eine kleine Dose raus.

"Na ihr Kleinen, habt ihr Hunger?" fragte sie und brachte eine kleine Öffnung auf der Abdeckung zum Vorschein, indem sie eine kleine Plastiktür zur Seite schob. Sie drehte den Deckel von der Dose und schüttete etwas von dem Trockenfutter durch die Öffnung in das Aquarium. Sofort kamen die ersten Fische angeschwommen und saugten das trockene Mahl in sich auf. Emma grinste.

"Ja, jetzt geht es euch wohl besser, oder? Mensch, die scheinen ja schon ein paar Tage nichts bekommen zu haben, die Armen."

Sie drehte die Dose wieder zu und stellte sie zurück in den Schrank.

"So, jetzt noch die leckeren Tabletten für die Welse", sagte Emma und holte eine zweite, kleinere Dose hervor. Dabei stutze sie.

"Ups, die ist ja schwer." Verwirrt schüttelte Emma den kleinen Behälter. Es klapperte laut, und sie sah Markus verdutzt an.

"Das hört sich aber komisch an." bemerkte sie und drehte en Deckel ab. Neugierig warf sie einen Blick in die Dose.

"Häh? Was ist das denn?" fragte sie und schüttelte den Inhalt der kleinen Tablettendose in ihre Hand. Es kamen einige kleine, beige Tabletten heraus und ein Schlüssel. Emma zog die Augenbrauen hoch, stelle die Dose auf den Schrank ab, fasste den Schlüssel mit ihren linken Daumen und Zeigefinger an und hielt ihn hoch.

"Schau mal, ein Schlüssel. Den habe ich noch nie gesehen." sagte sie und hielt Markus den Schlüssel entgegen. Markus sah ihn an und fragte:

"Was hat der denn in dieser Dose zu suchen?"

Emma zuckte die Schultern.

"Keine Ahnung." Sie sah sich den Schlüssel nun genauer an. Es war ein ca. 10 cm großer, flacher Schlüssel mit einem normalen Bart und einer Zahl auf dem Kopf eingraviert.

"Da steht HH HBF und die Zahl 365. Was kann das bedeuten?"

Markus antworte sofort:

"Das ist ein Schließfachschlüssel für den Hauptbahnhof."

"Woher weißt du das?"

"Na ja, HH HBF heißt doch normaler weise Hansestadt Hamburg, Hauptbahnhof, oder?"

Emma überlegte.

"Stimmt." bestätigte sie und schüttelte den Kopf. "Dass ich das nicht auch sofort gesehen habe. Aber warum hat Frank den denn hier in der Dose versteckt?"

Markus drehte sich um uns warf noch einmal einen Blick durch das Zimmer.

"Also wenn das das Arbeitszimmer von Herrn Pohlmeier war, dann müsste sein Laptop doch hier sein, oder?"

"Ja, stimmt. Deswegen sind wir ja auch hier."

Emma sah sich noch einmal im Zimmer um.

"Ich kann ihn hier nicht sehen."

"Also hier ist kein Laptop. Vielleicht hat er ja noch wichtige Dateien auf seinem Laptop gespeichert, die er nicht auf dem USB-Stick übertagen hatte. Und hat den Laptop in einem Schließfach am Hauptbahnhof deponiert."

Markus lächelte.

"Also der schien ja echt eine Gefahr gesehen zu haben und ging auf Nummer sicher. Und du hast ihm nicht geglaubt, dass er verfolgt wird?"

Emma schüttelte den Kopf.

"Nein, ich dachte, er übertreibt. Weil ich ja nur meine eher normalen, langweiligen Informationen hatte. Diese brisanten Hintergrundinformationen kannte ich ja nicht. Daher war Frank anscheinend so vorsichtig und hat dafür gesorgt, dass ich den Schlüssel im Notfall finden würde. Und hat einem unbeteiligten Passanten, also dir, den USB-Stick irgendwann zugesteckt. Hat du ihn denn nicht bemerkt? Wahrscheinlich war er am Tag als er umgefahren wurde, kurz bei dir. Du hast doch gesagt, du bist direkt dabei gewesen."

Sie sah traurig auf den Boden.

"Wieso hat er sich nicht an die Polizei gewandt? Ich meine, wenn er sich schon so bedroht oder verfolgt fühlte, dass er diese Vorsichtsmaßnahmen ergriffen hatte? Vielleicht würde er dann noch leben." Sie vergrub ihr Gesicht in ihre Hände und fing an zu schluchzen.

Markus ging zu ihr und nahm sie in den Arm.

"Nein, du brauchst nicht zu weinen. Wir haben nichts zu befürchten. Lass uns mit dem Schlüssel und dem USB-Stick zur Polizei gehen und die sollen sich um alles kümmern. Dann brauchen wir keine Angst zu haben, dass uns etwas passiert."

Emma wand sich langsam aus seinen Armen.

"Nein," sagte sie entschlossen. "die Polizei würde uns nicht glauben."

"Aber der Schlüssel. Sie werden dann den Laptop finden und die evtl. vorhandenen Beweise."

Emma schüttelte bestimmt den Kopf.

"Auf keinen Fall! Ich will erst klare Beweise in den Händen halten, bevor ich an die Öffentlichkeit oder zur Polizei gehe!"

Sie sah Markus tief in die Augen.

"Das bin ich Frank schuldig."

Markus überlegte kurz, dann streckte er sein Arme aus, umfasste sie an den Schultern und sagte:

"O.K. Aber wenn wir nur den kleinsten Hinweis auf eine Gefahr für uns sehen, also wenn uns jemand verfolgt oder so, dann gehen wir zur Polizei, o.k.?"

Emma sah ihn an, senkte den Blick und sagte leise.

"Gut." Sie hob wieder ihren Kopf, lächelte und flüsterte:"Danke."

Markus zog sie etwas näher an sich heran und hielt sie eng umschlungen in seinen Armen. Für Emma schien das erneut ein Auslöser zu sein. Sie atmete tief aus, drückte sich an ihn und fing leise an zu weinen.

Fünf Minuten lang standen sie eng umschlungen vor dem Aquarium und sagten nichts. Dann hob Emma langsam ihren Kopf, sah Markus tief in die Augen und gab ihm einen weichen und warmen Kuss. Markus erwiderte ihn. Sie lösten sich und setzten sich auf zwei Stühle, die im Raum standen. Dabei hielten sie sich an ihren Händen. Emma brauchte jetzt Kontakt. Sie sah ihn an.

"Was machen wir jetzt?"

Markus war tief berührt. Emma war auf der einen Seite eine selbstbewusste, starke Frau. Sie wusste, was sie wollte. Und auf der anderen Seite war sie sich nicht zu schade, ihre weiche Seite zu zeigen. Das gefiel ihm! Sie war nicht so wie die anderen Frauen, die er kannte. Plötzlich sah er auf seine Uhr. Dann sagte er zu Emma:

"Wir sollten zum Hauptbahnhof und das Schließfach suchen. Aber leider kann ich jetzt nicht. Ich habe heute noch drei Kunden."

Sie sah ihn verwundert an.

"Ach so, ich habe dir ja noch gar nicht erzählt, was ich arbeite. Ich bin Personal Trainer. Selbständig. Meine meisten Termine liegen abends oder am Wochenende. Ich gehe meistens zu meinen Kunden nach Hause. Dann trainiere ich mit ihnen dort oder wir gehen nach Draußen. Ins Grüne. In Parks oder in öffentlichen Sportanlagen."

Er sah Emma verlegen an.

"Sorry, aber wir müssen das auf Morgen verschieben. Ist das o.k. für dich?"

"Natürlich. Es kann ja nicht jeder so flexible Arbeitszeiten haben wie ich. Ich habe immer meine deadline. Wie ich das schaffe, ist meinem Chef egal."

Sie stand auf, immer noch seine Hand haltend. Liebevoll sah sie zu ihm hinunter.

"Lass uns gehen."

Markus stand auch auf. Noch einmal umarmten sie sich. Er gab ihr einen kurzen, aber intensiven Kuss.

"Gut, dann komm mit."

Sie verließen die Wohnung und gingen auf die Straße. Vor dem Haus blieben sie stehen.

"Soll ich dich morgen früh um 10:00 Uhr in deinem Büro abholen? Dann fahren wir zusammen zum Hauptbahnhof. O.K.?"

Emma sah ihn unsicher an.

"Ja, bis Morgen." Sie gab ihm noch einen schnellen Kuss und ging Richtung S-Bahn-Station. Nach ein paar Schritten sah sich sie noch einmal zu ihm um. Markus lächelte und winkte ihr zu.

8. Kapitel

Hamburg, Rissen, 12 Juli 2016
im Waldgebiet 'Am Klövensteen'

Der Mann stand leicht nach vorne gebeugt und schaute nach unten. Dort lag Miles Fitzpatrick flach in einer Grube. Er war bereits fast zur Hälfte mit Erde bedeckt, nur der Oberkörper war noch relativ gut zu erkennen. So machte der Mann das immer, wenn er seine Opfer begrub. Das genoss er regelrecht. So konnte er ihnen bis zum letzten Schwung Erde ins Gesicht schauen. Für ihn war es eine Selbstverständlichkeit, die Zielpersonen eigenhändig zu beerdigen. Soviel war er ihnen schuldig. So zollte er ihnen sein Respekt. Meistens hatten seine Opfer keine Ahnung, dass sie seine Zielpersonen wurden. Seine Auftraggeber waren da sehr genau. Wenn sie ihn kontaktierten, dann in einem sehr frühen Stadium. Die Personen hatten irgendetwas getan oder gesehen, dass sie nicht tun oder sehen durften. Allerdings war ihnen fast immer nicht bewusst, wie gefährlich dies für sie war. Seine Auftraggeber waren keine Narren. Ihre Gegner waren immer leichte Opfer. Sie ließen sie gar nicht erst zu starken Gegnern werden. Da passten sie schon genau auf. Die Gefahr im Keim ersticken. Dafür war er da. Wie auch hier. Miles Fitzpatrick wusste einfach zu viel. Oder genauer gesagt, er hatte mit dem falschen Mann Kontakt gehabt. Frank Pohlmeier. Also musste er kaltgestellt werden. Zuvor hatte der Mann Miles befragt. Es hatte nur eine Zigarette gedauert, und schon hatte er ihm die beiden Namen genannt. Es freute ihm immer, wenn er nicht zu viel Zeit und Material einsetzen musste, bis er das erfuhr, was er wissen musste. Insgesamt hatte es nicht einmal eine Stunde gedauert. Die schnelle Entführung in der Tiefgarage der Zentrale des Hamburger Abendblattes, dann die Fahrt in sein Versteck in Wedel. Die kurze ,aber erkenntnisreiche Unterredung mit Miles und schließlich die Fahrt hier zum Klövensteen. Vorher hatte er ihm natürlich noch kurz das Genick gebrochen.

Und nun musste er noch die letzten Hübe Erde auf Miles schütten und es war erledigt. Noch drei, vier Hübe und auch die letzten Brandwunden im Gesicht von Miles waren verdeckt. Die letzte Erde auftragen und noch ein wenig Äste und Sträucher drüber, schon war das Grab verschwunden. Keine Spuren hinterlassen, so machte er das immer. Das Auto von Miles konnten die Polizei gerne finden. Sie würden keine Spur von ihm finden. Heute Abend würde er sich noch entspannen und dann wollte er sich mit seinen beiden nächsten Opfern beschäftigen. Emma und Markus.

Hamburg, Aufnahmestudio "Bei Lauch" am gleichen Abend

Das rote Licht der Kamera ging an und Dieter Lauch blickte gewohnt souverän in das Objektiv.

"Herzlich willkommen, meine Damen und Herren. Ich begrüße sie zu meiner Talkshow 'Bei Lauch'. Am heutigen Abend besprechen wir das Thema 'Die Energiewende: Schaffen wir das oder ist alles nur heiße Luft?'"

Dieter Lauch war Ende 40 und strahlte eine angenehme Souveränität aus. Seine kurzen, braunen Haare umrahmten ein freundliches Gesicht, er trug einen dunkelgrünen Pullover zur schwarzen Jeans. Die Kamera schwenkte durch die Reihen der Zuschauer, die herzlich applaudierten.

"Zu diesem wirklich interessanten und hoch aktuellem Thema darf ich folgende Gäste begrüßen:" Die Kamera schwenkte nun zu jeden einzelnen Gesprächsgast, während Dieter Lauch sie kurz vorstellte.

"Bernd Meininger von der CDU, er ist Energiewirtschaftlicher Sprecher der CDU/CSU Bundestagsfraktion. Klaus Adelmann, Präsident des BDI, dem Bundesverband der deutschen Industrie. Günter Lichter, Vorstandsmitglied bei Barion, Thomas Mertens, Geschäftsführer und Inhaber von Energie Service, einem Hamburger Energiedienstleister und Dieter Mohn, Autor des Buches 'Deutschland: Die Armen werden von den Reichen regiert'."

Nachdem der Applaus endete, richtete sich die Kamera wieder auf Dieter Lauch.

"Herr Meininger, schaffen wir die Energiewende?"

Bernd Meininger sah aus wie der typische Politiker. Kurze, schwarze Haare, einen dunkelgrauen Anzug mit einer dunkelblauen Krawatte. Sein Lächeln wirkte aufgesetzt.

"Selbstverständlich. Die EU-weite Verpflichtung, dass wir bis zum Jahre 2050 80% des Energieverbrauchs aus erneuerbaren Energien liefern, werden wir einhalten. Wir sind jetzt bei einem Anteil von ca. 32%. Also sind wir auf einem sehr guten Weg."

"Und wieso haben Sie dann jetzt beschlossen, auch noch den Ausbau der Windkraftanlagen zu bremsen?" fragte Dieter Lauch nach. " Nachdem in den EEG-Novellen 2012 und 2014 der Ausbau von Bio-und Solaranlagen stark beschnitten wurden, begrenzen Sie mit der im Juni beschlossenen EEG- Reform 2016 den Ausbau der Erneuerbaren Energie auf 45% bis 2025, indem Sie die Onshore-Windkraftanlagen ausbremsen. Durch die Umstellung der Ökostrom-Förderung auf Ausschreibungssysteme sind nach Einschätzung des Bundesverband erneuerbaren Energien nicht nur viele tausend Arbeitsplätze in der Branche in Gefahr, sondern auch die notwendige hohe Akzeptanz der Energiewende in der Bevölkerung steht auf dem Spiel, denn durch diese Ausschreibungen kommen nur noch große Unternehmen und insbesondere die großen Energiekonzerne zum Zuge. Der Präsident des Bundesverbandes erneuerbaren Energien, Herr Fritz Brickwedde bezeichnete dies als Katastrophe. Nachdem die Ausbauziele für Solarenergie in den letzten beiden Jahren schon nicht erreicht wurden, wird in der Reform nicht nur dieses

Problem nicht angepackt, sondern auch noch der Ausbau der Windkraft lahmgelegt."

"Die Erneuerbaren sind nun mal zu teuer und treiben dank der EEG-Umlage den Strompreis in die Höhe!" warf Bernd Meininger ein.

"So ein Unfug!" widersprach Thomas Mertens.

Thomas Mertens war das genaue Gegenteil von Bernd Meininger. Anfang 40, schulterlange, blonde Haare, der oberste Knopf von seinem dunkelgrünen Hemd war offen und die blaue Jeans leicht verwaschen. Sein Auftreten war lässig, aber kompetent. Man sah ihm an, dass er kein Freund der anwesenden Vertreter aus Politik und Wirtschaft war.

"Der Strompreis an der Börse ist seit Jahren im freien Fall. 2015 betrug in Deutschland der Preis pro Kilowattstunde im Schnitt gerade mal 3,2 cent! Nur in Skandinavien war der billiger! Der Preis, den der Kunde bezahlt, ist aber gestiegen! Das lag an den hohen Netzentgelten und an der widerrechtlich eingeführten EEG-Umlage."

"Sag ich doch. Die EEG-Umlage verteuert den Strompreis für den Verbraucher. Die Förderung der erneuerbaren Energien führt zu der hohen EEG-Umlage und somit zu steigenden Strompreisen. Der durch die Stilllegung der Atomkraftwerke und durch die Anbindung der neuen Solar-undWindkraftanlagen an das Netz erforderliche Ausbau der Stromnetzte erhöhen die Kosten der Netzbetreiber, also die Netzentgelte. Daher haben wir die Förderung reduziert. Um die Preise für den Kunden nicht weiter steigen zu lassen." erwiderte Bernd Meininger bestimmend.

Thomas Mertens lachte auf.

"Ha! Die Netzentgelte. Da haben wir das erste große Problem. Erstens haben die Netzbetreiber, die größtenteils den großen vier Energie-konzernen gehören, jahrzehntelang die Wartung und den Ausbau des Netzes vernachlässigt. Dadurch haben sie ihre Gewinne gesteigert. Der Großteil der Kosten, die jetzt durch die Erneuerung und den Ausbau der Stromnetze entstehen, sind nicht den erneuerbaren Energien zuzuordnen, sondern entstehen dadurch, dass das nachgeholt wird, was jahrzehntelang vernachlässigt wurde. Dass die großen Atomkonzerne dies natürlich verschweigen, versteht sich von selbst. Zudem wurde letzte Woche ein Bericht von der Bundesnetzagentur erstellt und von WISO berichtet, der bestätigt, dass die Netzbetreiber häufig zu hohe Netzentgelte berechnen. Letztes Jahr wurden ca. 18 Milliarden an Netzentgelten gezahlt. Experten gehen davon aus, dass insgesamt ca. 1 Milliarde zu viel berechnet wurden. Die Bundesnetzagentur hat aber keine rechtliche Handhabe gegen die Netzbetreiber. Daher können sie auch nichts machen. Und das Bundeswirtschaftsministerium sieht keinen Handlungsbedarf. Es kann also schön weiter überhöht abkassiert werden."

"Herr Lichter, hat Herr Mertens da Recht? Barion als einer der großen vier Energiekonzerne ist zwar ein Strom-und Gasversorger, zum Konzern gehört allerdings die Ba.dis AG, ein Netzbetreiber. Haben die Netzbetreiber zu lange ihre Netze nicht gewartet und ausgebaut? Und berechnen Sie zu hohe Netzentgelte, wie Herr Mertens sagt?", richtete Dieter Lauch die Frage an Herrn Lichter.

Günter Lichter war Anfang 50 und trug ebenfalls einen dunkelgrauen Anzug. Seine Krawatte war allerdings dunkelgrün. Auch Herr Lichter strahlte eine gelernte Seriosität aus.

"Also dazu kann ich gar nichts sagen. Wir haben im Konzern eine klare Aufgabenverteilung: Die Aufgaben der Ba.dis AG als Netzbetreiber werden vom Vorstand der Ba.dis AG verantwortungsvoll erledigt. Ich bin im Vorstand der Barion AG für die operativen Geschäfte des Energieversorgers zuständig."

"Ach, dann können Sie doch auch erklären, warum Sie durch Tricksereien über Luxemburg jährlich hunderte Millionen Euro an den deutschen Fiskus vorbeischleusen." griff Dieter Mohn in die Diskussion ein. Dieter Mohn trug einen dunkelbraunen Pullover und eine schwarze Cordhose. Er war Ende 30 und trug sein blondes Haar schulterlang. In seinem Gesicht trug er einen Kinnbart.

"Sie haben in Luxemburg so etwas wie eine eigene Bank gegründet. Eine ihrer Tochtergesellschaften verleiht hohe Geldbeträge an Tochterunternehmen in Großbritannien, den

USA oder anderen Ländern. Diese Kredite werden dann mit Zinsen an die luxemburgische Barion-Tochter zurückgezahlt. Dadurch sparen Sie in der Steueroase Luxemburg große Reserven Bargeld an, die durch einen steuerrechtlichen Trick als Verlustvorträge am Finanzamt vorbeigingen."

"Woher haben Sie diese Informationen?" fragte Dieter Lauch nach.

Dieter Mohn grinste.

"In meinem Buch können Sie meine Quellen genau nachlesen. Entscheidend ist, dass in den Jahren 2008 bis 2012 durch geheime Absprachen deutsche Firmen, also nicht nur Barion, ca. 60 Milliarden Euro für diesen Zweck nach Luxemburg geschafft haben. Alleine dem deutschen Fiskus entstehen durch solche Absprachen und Tricks 20 bis 30 Milliarden Euro Schaden pro Jahr. Offiziell will die EU-Kommission natürlich die Hintergründe um Luxemburg als internationalen Finanzstandort und die Machenschaften der Konzerne aufklären. Aber wie es der Zufall so will ist Jean-Claude Baumer seit Anfang November letzten Jahres Präsident der Kommission. Zuvor war er über lange Jahre Finanz- und Premierminister von Luxemburg. Er gilt als der Strippenzieher der Steuergesetze, die Unternehmen wie Barion ermöglichte, Gewinne in Luxemburg zu versteuern und für Verluste den deutschen Steuerzahler zu belasten."

"Jetzt tun Sie doch nicht so, als wären alle deutschen Unternehmen die Bösewichter." warf Klaus Adelmann, Präsident des BDI ein.

"Sie schreiben ja auch in Ihrem Buch, dass nicht nur die Unternehmen, sondern auch die Leistungsträger unserer Gesellschaft verantwortlich für die Armut in Deutschland seien."

"Jetzt weichen wir ein bisschen von unserem eigentlichem Thema ab." unterbrach ihn Dieter Lauch.

"Herr Mertens, Sie behaupten, dass die großen Energiekonzerne, also Barion, SWA, TOP-Energie und EinsBW, die Energiewende bewusst bremsen. Wie meinen Sie das?"

Thomas Mertens antwortete:

"Da gibt es verschiedene Punkte. Erstens: Trotz der Stilllegung von acht Atomkraftwerken seit 2011 wurden 2015 mit 647 Terawattstunden Strom erzeugt. Mehr als jemals zuvor, allein bei der Windkraft gab es gegenüber dem Vorjahr ein 50-Prozent-Plus. Das führte dazu, dass die Energiekonzerne überflüssig gewordenen Kohlestrom massiv ins Ausland verkauften. Der deutsche Stromexport erreichte 2015 mit 60,9 Terawattstunden einen historischen Höchststand. Ein Zehntel des in Deutschland produzierten Stroms wurde ins Ausland verkauft. Die Konzerne lassen ihre schmutzigen Kohlemeiler weiterlaufen und verdienen damit Milliarden. Weil die Bundesregierung sie lässt."

"Das wäre ja noch schöner, wenn die Regierung uns jetzt auch noch zwingen würde, unsere Kohlekraftwerke zu schließen! Sie hat ja schon beschlossen, unsere Atomkraftwerke zu schließen. In die wir Milliarden investiert haben!" warf Günter Lichter von Barion ein.

Thomas Mertens lachte laut auf.

"Hah, dazu komme ich gleich noch. Der Ökostromboom schlägt daher bislang beim Klimaschutz noch nicht so richtig durch. Die Klimabilanz des deutschen Stromsystems hat sich im vergangenen Jahr kaum verbessert, die Gesamt-Treibhausgasemissionen Deutschlands sind sogar leicht angestiegen. Frau Merkel hatte vor Kurzem in Paris auf der Klimakonferenz bekräftigt, dass der deutsche Kohlendioxid-Ausstoß bis 2020 gegenüber 1990 um 40 Prozent sinken soll. Erreicht sind aber erst um die 26 Prozent.

Weil das Ziel gefährdet ist, einigte sich die Regierung zuletzt mit den Stromkonzernen darauf, dass acht besonders alte und schmutzige Braunkohle-Meiler schrittweise abgeschaltet werden. Dafür erhält die Wirtschaft eine Entschädigung von mindestens 1,6 Milliarden Euro - bezahlt wird das von den Stromkunden. Das ist ein Skandal! Die Energiekonzerne werden sogar dafür noch belohnt, dass sie bisher absolut bewusst an ihre klimaschädlichen und gefährlichen Kohle - bzw. Atomkraftwerke festhalten und nicht in die Energiewende investieren. Das ist der Skandal!"

"Unsinn! Der Skandal ist doch, dass alle Stromkunden die Förderungen, die die Betreiber von z.B. Photovoltaik-Anlagen und Windkraftwerken von der Regierung erhalten, bezahlen müssen. Das treibt den Strompreis in die Höhe! Wir bzw. alle erfahrenen Energie-konzerne sind doch der Garant dafür, dass die Bürger eine gesicherte Stromversorgung erhalten. Egal bei welchem Wetter. Dafür benötigen wir unsere Atomkraftwerke und Kohlekraftwerke. Wir sind auf unsere sichere und stabile Stromversorgung durch Atom und Kohle angewiesen. Das hat auch insbesondere Frau Merkel immer bestätigt." erwiderte Günter Lichter.

"Genau diese Lüge erzählen Sie immer wieder! Dass wir für die Grundlast Atom und Kohle benötigen, ist einfach nur falsch. Die aktuell vorhandenen Biogas-Anlagen in Deutschland produzieren bereits über 4.500 MegaWatt. Das ist genauso viel wie die Strommenge von drei Atomkraftwerken. Das reicht vollkommen aus, um die Grundlast abzudecken. Also ist die Behauptung, dass die erneuerbaren Energien immer Kohle-oder Atomkraftwerke für die Grundlast benötigen, völlig falsch. Hinzu kommt, dass die Biogasanlagen viel flexibler sind und schneller auf Stromschwankungen oder Ausfällen von anderen Kraftwerken reagieren können als z.B. Kohlekraftwerke."

"Das ist erst einmal nur eine Behauptung, die Sie hier anbringen. Tatsache ist, dass die uns aufgezwungene Stilllegung der Atomkraftwerke sowie die von der Bundesregierung geplante schrittweise Schließung der Kohlekraftwerke ein massiver Eingriff in die wirtschaftliche Tätigkeit vieler Unternehmen ist. Daher war der von Ihnen genannte Kompromiss für die Schließung der alten Kohlekraftwerke zwar für die betroffenen Unternehmen bitter, aber letztlich richtig."

"Bitter?" fragte Dieter Mohn. "Das ist doch wohl nicht ihr Ernst? Alleine die Kohlesubvention beläuft sich von 1998 bis 2018 auf ca. 44 Mrd. Euro! 2018! Also diese dreckige, veraltete Technologie wird immer noch vom Staat, also vom Steuerzahler gefördert! Und unabhängige Studien ergaben, dass die Atomenergie von 1950 bis heute ca. 215 Mrd. Euro an Subventionen insgesamt erhalten hat. Nachdem Ihr Unternehmen" er richtete seine Worte an Günter Lichter von Barion, "und die drei anderen großen Energiekonzerne auch durch diese Milliarden Sub-

ventionen jedes Jahr dicke Gewinne eingefahren haben, erhalten Sie zudem nicht nur
die 1,6 Mrd. Euro für die dreckigen Kohlekraftwerke, sondern werden auch noch durch
den sogenannten 'Atomkonsens' fürstlich belohnt."

"Herr Mohn, Sie beschreiben in Ihrem Buch
insbesondere die ungleiche Behandlung der
Reichen zu Lasten der Armen in Deutschland. Dabei beklagen Sie nicht nur die steuer-
lichen Privilegien der vermögenden Privatpersonen und Firmen sondern auch die rechtliche Sonderbehandlung. Ist dies ein Beispiel
Ihrer Vorwürfe?"hakte Dieter Lauch ein.

"Ja, so ist es. Die Bundesregierung hat die
Empfehlung der KfK, also die 'Kommission
zur Finanzierung des Kernausstieges', ange-
nommen und beschlossen."

"Was genau bedeutet das ?" fragte Dieter
Lauch.

"Die Bundesregierung hat beschlossen, dass
die Kosten für die Stilllegung, den Rückbau
und die Entsorgung der Atomkraftwerke aufgeteilt werden sollen. Für die Zwischen- und
Endlagerung des Atommülls sollen die vier

Atomkonzerne 23,34 Milliarden Euro in einen staatlichen Fonds einzahlen. Mögliche Zusatzkosten soll der Steuerzahler übernehmen. Stilllegung und Rückbau der Atommeiler dagegen bleiben Sache der Konzerne."

"Und das kritisieren Sie? Neben der 23,34 Milliarden für den Fonds müssen wir auch noch mehrere Milliarden für die Stilllegung und Rückbau aufbringen. Wo werden wir denn da bevorteilt?" fragte Günter Lichter an Dieter Heinz Mohn gewandt.

"Sie verschweigen natürlich, dass die letzten Berechnungen Kosten für die Zwischen- und Endlagerung in Höhe von ca. 47 Milliarden ergeben. Also knapp das Doppelte von dem, was Sie in den Fonds einzahlen. Der Rest muss der Steuerzahler zahlen! Wir reden hier von Kosten, die Ihnen als Unternehmen entstehen für das, was Sie produzieren! Also warum ist es richtig, dass der Steuerzahler nicht nur die vielen Milliarden Subventionen, die Sie bisher erhalten haben, sondern auch die Kosten für die Entsorgung übernehmen? Ist das keine Bevorteilung?"

"Finden Sie das richtig, das eine Branche, bzw. hier ja nur vier Konzerne, so unterstützt werden? Was sagen Sie als Vertreter der gesamten Deutschen Industrie dazu?" brachte Dieter Lauch Klaus Adelmann, den Präsidenten des BDI, ins Gespräch. Herr Adelmann war Ende 50, trug einen dunkelblauen Nadelsteifenanzug und eine dunkelgrüne Krawatte.

"Ähm, also wir haben hier natürlich eine Sondersituation."

"Hah! Das ist ja mal interessant!" warf Dieter Mohn ein.

"Ja, denn hier handelt es sich um eine seitens der Regierung beschlossene Stilllegung von Atomkraftwerken. Es liegt also nicht in dem Ermessen der einzelnen Kraftwerksbetreiber, wann sie die Atomkraftwerke schließen. Es wurde Ihnen ein Zeitpunkt vorgegeben und sie müssen die dadurch entstehenden Konsequenzen, also Kosten aufbringen. Das ist ein klarer Eingriff in die unternehmerische Freiheit. Wie es auch bei den Kohlekraftwerken, die Sie gerade nannten, der Fall war. Daher ist auch eine entsprechende Regelung für eine Entschädigung korrekt. Ebenso der Kompromiss für die Verteilung der Kosten für den seitens der Bundesregierung beschlossenen Stilllegungen der Atomkraftwerke. Ich sehe da also keine Bevorteilung der Atomkonzerne."

"Herr Mertens, Sie setzen sich ja für die Energiewende ein und auch für die Interessen der Verbraucher, also der Stromkunden. Dabei stoßen Sie immer wieder auf Widerstand in Ihrer Branche. Wie zeigt sich das?"

Thomas Mertens lächelte und stieß ein wenig Luft aus:

"In vielen Bereichen. Ich meine, wir haben hier gerade doch die Fakten gehört. Die Konzerne bereichern sich zu Lasten der Kunden und der Umwelt. Und dabei werden sie auch noch von der Politik unterstützt. In einigen Fällen ist das legal, aber häufig werden auch Grenzen überschritten."

Dieter Lauch horchte auf:

"Sie meinen Korruption?"

Thomas Mertens überlegte. Dann sah er ihm in die Augen und sagte:

"Dazu möchte ich hier und jetzt nicht mehr sagen."

"Na das ist ja typisch für Sie!" rief Günter Lichter dazwischen:"Erst etwas behaupten, aber dann klein beigeben."

9. Kapitel

Irgendwo in Deutschland

Im Hintergrund lief der Fernseher. Es waren die letzten Worte von Günter Lichter zu hören:

"Erst etwas behaupten und dann klein beigeben!"

Der Mann mit dem Siegelring griff zum Telefonhörer und tippte eine Nummer ein.

"Ja?"

"Wie weit sind Sie?"

"Ich habe das eine Problem beseitigt."

"Und, haben Sie den Laptop?"

"Nein. Aber ich habe zwei neue Namen. Die beiden wissen evtl. wo der Laptop ist."

"Verschonen Sie mich mit Details! Lösen Sie das Problem. Und dann kümmern Sie sich um Thomas Mertens. Er scheint zu viel zu wissen. Und vernichten Sie alle Hinweise auf uns."

"Jawohl."

Hamburg Hauptbahnhof, Dienstag, den 13.Juli 2016 am Vormittag

Emma und Markus trafen sich bei den Schließfächern und suchten das Fach mit der Nummer 342. Emma sah es zuerst.

"Da ist es." sagte sie und zeigte auf das Fach mit der richtigen Nummer. Sie sah Markus unsicher an und holte den kleinen Schlüssel, den sie in der Futterdose gefunden hatte, aus ihrer Handtasche. Behutsam steckte sie den Schlüssel in das kleine Schloss des Schließfachs. Angespannt starrte Markus auf den Schlüssel. Er passte. Emma grinste ihn an und drehte den Schlüssel nach rechts. Ohne Probleme ließ der Schlüssel sich drehen und es knackte. Emma rief:"Ja!", fasste den Griff an der Schließfachtür und zog daran. Die Tür öffnete sich und sie konnten in das Fach hineinschauen. Sie konnten einen Laptop sehen. Ansonsten war das Fach leer. Emma holte den Laptop heraus und sagte zu Markus:

"Das ist Franks Laptop. Ich erkenne ihn wieder."

Sie zeigte auf den Deckel:

"Hier, das ist sein Aufkleber!"

Und tatsächlich, es befand sich ein 'Sie sind unter uns' Aufkleber auf dem Deckel.

Emma sah an sich herab und stutze:

"Oh, ich habe keine Tasche, in der der Laptop reinpasst. Hier, nimm Du ihn." bemerkte sie und gab Markus Franks Laptop.

"Gut, danke." erwiderte Markus und steckte ihn in seinen Rucksack.

"So, dann las uns mal los. Ich will so schnell wie möglich prüfen, was sich auf dem Laptop befindet. Hoffentlich hat Frank dort den un-schlagbaren Beweis gespeichert."

Emma drückte die Schließfachtür wieder zu und sie gingen los. Sie wollten zu Fuß in Emmas Büro gehen. Es lag am Großen Burstah, daher konnten sie den Weg dorthin auch laufen. Nachdem sie die Mönckeberg-straße ein gutes Stück entlang gelaufen wa-ren, betraten sie den Gerhard-Hauptmann Platz. Das war ein kleines Stück Grün inmit-ten der Einkaufsläden. Der Platz war um-säumt mit Bäumen und Sträucher, kleine Bänke luden zur Rast ein. Um diese Uhrzeit war kein Passant zu sehen. Sie waren allein. Gerade als Markus vorschlagen wollte, auf einer der Bänke kurz Platz zu nehmen und die weitere Vorgehensweise mit Emma zu besprechen, hörte er den Schuss. Er drehte sich sofort um und sah in die vor Schreck weit aufgerissen Augen von Emma. Ein klei-nes rotes Loch befand sich auf ihrer Stirn. Markus schrie auf:

"Emma!"

Emma sackte zusammen und schlug auf den Boden auf. Völlig geschockt versuchte Markus sie noch aufzufangen, doch es gelang ihm nicht. Er sah sich panisch um. Am anderen Ende des kleinen Parks konnte er eine Gestalt erkennen. Sie hielt etwas in der Hand und zielte auch auf ihn. Ohne nachzudenken drehte sich Markus von ihm weg und lief los. Dabei schossen ihn Tränen in seine Augen. So schnell er konnte lief er in einem Zick-Zack-Kurs zum Rand des Parks und erreicht ihn schließlich unverletzt. Er konnte keine Schüsse hören, doch sah er zweimal Sand neben ihn auf dem Boden aufplatzen. Auch einen Einschlag in einem Baum, den er während seiner Flucht passierte, konnte er erkennen. Es wurde auf ihn geschossen! Als er schließlich den Platz verlassen hatte und die Straße erreichte, sah er sich kurz um. Er konnte keinen Verfolger entdecken. Anscheinend hatte der Mörder von Emma die Verfolgung beendet. Dennoch lief er so schnell er konnte weiter. Da zahlte sich seine Fitness endlich mal aus! Erst als er den Rathausplatz erreichte , hielt er inne. Tief Luft holend lehnte er sich an eine Gebäudewand und sah sich um. Erneut konnte er nichts Verdächtiges entdecken. Er war dem Mörder entkommen. Erst jetzt meldete sich sein Verstand und ihm wurde langsam bewusst, was gerade passiert war. Emma war tot!

Der Mann fluchte laut:

" Verdammt!".

Markus Funk war ihm entkommen. Nachdem Miles Fitzpatrick ihm die Namen Emma Bardtke und Markus Funk genannt hatte, war es ein Leichtes, die Wohnadresse der beiden und den Arbeitsplatz von Emma Bardtke zu ermitteln. Markus Funk war selbständiger Personal Trainer und besaß wie es aussah keine eigene Praxis. Seine Tätigkeit übte er anscheinend in verschiedenen Fitness-Centern oder bei seinen Kunden aus. Der Mann hatte sich entschieden, Emma zu beschatten, denn sie war die Journalistin. Als er dann sah, dass die beiden den Laptop im Schließfach fanden, musste er lächeln. Hervorragend, dass musste der Laptop von Frank Pohlmeier sein. Den hatte er gesucht. Er beschloss, keine Zeit zu verlieren und die beiden so schnell wie möglich auszuschalten und den Laptop an sich zu bringen. Normalerweise ging er immer im Verborgenen und ohne Zeugen vor. Doch als er den beiden folgte und sah, dass sie vom Hauptbahnhof Richtung der Geschäftsstelle des Hamburger Abendblatts gingen, musste er improvisieren. Er konnte es nicht riskieren, dass diese Bardtke die Daten des Laptops einsah und veröffentlichte. Er wusste zwar nicht genau, was sich darauf befand, aber er hatte die Information von seinem Auftraggeber erhalten, dass Pohlmeier kompromittierende Beweise gesammelt hatte. Also musste er alle möglichen Datenquellen finden und vernichten. Laut Fitzpatrick hatte dieser Funk einen USB-Stick von Pohlmeier erhalten. Also musste er nicht nur den Laptop sondern auch den Stick in seine Hände bekommen. Und alle möglichen Kopien vernichten sowie die Mitwisser ausschalten. Daher handelte er gegen seiner normalen Vorgehensweise und erschoss Emma im Park. Da sich sonst keine weiteren Passanten in der Nähe befanden und dies die letzte Möglichkeit war zu handeln. Emmas

Büro war nicht mehr weit weg, daher musste er im Park zuschlagen. Leider entwischte ihm Markus Funk. Er war einfach zu schnell! Nur Funk hatte eine Tasche dabei, also musste er den Laptop haben. In dieser Situation war mal wieder seine Spezialität gefragt: das Aufspüren von Zielpersonen...

Markus schluckte. Man hat nicht nur Emma erschossen, auch auf ihn wurde geschossen! Was sollte er jetzt machen? Zur Polizei gehen? Nein, die würde ihm auch nicht helfen können. Sie würden Emma bald finden und die Untersuchung beginnen. Doch ihm würde es nicht helfen, sich bei der Polizei zu melden. Er hatte ja keine konkreten, nur Vermutungen. Was zählte, war ein Beweis dafür, dass die Bosse der Energiekonzerne schon jahrzehntelang durch kriminelle Machenschaften und Korruption nicht nur Millionen oder Milliarden betrügerisch eingenommen hatten, sondern auch zur Durchsetzung ihrer Ziele anscheinend auch unter Beteiligung der Politik ihre Gegner ermorden ließen. Er holte sein Handy und die Visitenkarte, die ihm Miles Fitzpatrick gegeben hatte aus seiner Jackentasche und wählte seine Handynummer. Er ließ es zehnmal klingeln, doch keiner hob ab. Dann wählte er die Festnetznummer. Nach nur zweimal Klingeln hörte eine Stimme:"Energie Service, Apparat von Herrn Fitzpatrick. Mein Name ist Mandy Krause. Was kann ich für Sie tun?"

Markus war für ein paar Sekunden verdutzt.

"Guten Tag, ich möchte gerne Miles Fitzpatrick sprechen."

"Es tut mir leid, aber Herr Fitzpatrick ist heute nicht zu erreichen. Kann ich ihnen weiterhelfen?"

"Nein. Vielen Dank." erwiderte Markus und legte auf.

Das war dumm. Was sollte er jetzt machen? Er wollte eigentlich mit Herrn Fitzpatrick sprechen, denn der wusste ja auch Bescheid. Natürlich nicht, dass sie den Laptop gefunden hatten. Aber das war jetzt auch egal. Er musste etwas unternehmen. Als erstes wollte er sich in Ruhe den Laptop anschauen und den Beweis suchen, der sich hoffentlich darauf befand. Er sah sich wieder um. Nach wie vor hatte er Angst. Wer weiß, vielleicht wurde er noch verfolgt oder der Mörder war auf der Suche nach ihm. Glücklicherweise konnte er niemand Verdächtigen erkennen. Am Besten er bewegte sich erst einmal unter Menschen. Nicht alleine sein, das würde ihn hoffentlich schützen. So ein Risiko würde der Mörder nicht auf sich nehmen. Also, wohin? Zu seiner Schwester? Nein, da der Mörder Emma und ihn gefunden hatte, ging Markus davon aus, dass er von seiner Schwester wusste. Daher musste er sich an jemanden wenden, den der Mörder nicht kennen konnte. Markus überlegte. Daniel! Genau, Daniel Limberger war seit fast einem Jahr sein Kunde. Er war Privatdetektiv und hielt sich mit der Hilfe von Markus fit. Und er kannte die Staatsanwältin Marianne Heinicke. Mit neuer Energie geladen nahm er erneut sein Handy und suchte die Telefonnummer von Daniel. Bevor er die Nummer anklickte stoppte er. Wie konnte der Mörder ihn und Emma so schnell finden? Vielleicht wurde er überwacht, also sein Handy. Dann wäre es zu riskant, Daniel anzurufen. Also entschied er, Daniel direkt zu besuchen. Er konnte nur hoffen, dass er auch in seinem Büro war. Glücklicherweise lag sein Büro ganz in der Nähe in der Hafen City. Markus hatte zwar noch immer einen leichten Schock, denn was er heute erlebt hatte, war normalerweise nicht so leicht zu verdauen. Aber durch seinen Beruf hatte er unter anderem gelernt, wie man seinen Körper und Geist in schwierigen Situationen kontrolliert. Daher schaltete er alle negativen Gedanken und Gefühle aus und konzentrierte sich voll und ganz auf sein Ziel: die Hintergründe für den Mord an Emma aufzuklären und die Schuldigen hinter Gitter zu bringen!

Nach nur 10 Minuten Bahnfahrt und Fußweg befand sich Markus vor dem großen Bürogebäude, in dem sich Daniels Detektei befand. Er holte noch einmal tief Luft und klingelte am Haupteingang. Daniels Büro befand sich im 5. Stock. Nach nur zwei Sekunden vernahm Markus Daniels Stimme aus dem Lautsprecher an der Tür.

"Ja, bitte?"

"Hallo Daniel, hier ist Markus."

"Markus? Hab ich unseren Termin vergessen?"

Markus lächelte.

"Nein, ich bin privat hier. Kann ich hochkommen?"

"Klar, komm rein."

Der Türöffner summte und Markus drückte die Tür auf. Als er den Aufzug im 5. Stock verließ, stand Daniel bereits im Türrahmen zu seinem Büro. Immer noch leicht verwirrt sah er Markus an und fragte:

"Mensch, jetzt bin ich aber neugierig" er streckte seine Hand aus um Markus zu begrüßen.

"Hallo, komm rein."

Markus schüttelte die Hand und erwiderte:

"Tja, das kann ich glauben. Hast Du einen Moment Zeit? Es ist etwas kompliziert."

"Klar." Daniel ließ Markus durch die Eingangstür gehen und dirigierte ihn zu seinem Büro.

"Setzt dich. Möchtest du etwas trinken?"

Markus betrag das Büro und setzte sich auf einen der Stühle, die um einem kleinen Tisch standen.

"Nein, danke."

"Also, was ist los? Was treibt dich in mein Büro?"

Markus schluckte. Er zögerte, dachte kurz nach und holte den Laptop aus seinem Rucksack.

"Wir müssen uns das mal ansehen." Er stellte den Laptop auf den Tisch und schaltete ihn an.

Immer noch leicht verwirrt fragte Daniel:

"Was ist da drauf?"

Als wenn neue Energie in ihn geflossen wäre, erwiderte Markus:

"Hör zu, es ist viel passiert. Ich werde es dir kurz erklären."

Daniel spitze die Ohren und sah ihn neugierig an.

Markus hatte vollstes Vertrauen zu Daniel, deshalb erzählte er ihm alles, was in den letzten Tagen passiert war und er erfahren hatte. Daniel hörte gespannt zu. Ab und zu gab er ein unglaubliches Stöhnen von sich oder kommentierte Markus' Bericht mit "Nein!", oder "Ich fass es nicht!". Als Markus schließlich bei Emmas Ermordung angekommen war, musste er sich kurz sammeln. Er sah traurig auf den Boden, vergrub sein Gesicht in die Hände und legte eine kurze Pause ein. Daniel ging langsam zu ihm, legte eine Hand auf Markus Schulter und sagte nichts. Dann ging er zu einer Kommode und goss sich einen Whisky ein. Nachdem er zwei Schlucke genommen hatte, setzte er sich auf einen Stuhl neben Markus.

"Oh, Mann. Das war ja der Hammer. Diese Schweine!" sagte Daniel. "Und wie kann ich dir jetzt helfen?"

Markus sah ihn auffordernd an.

"Na, Ich musste doch zu jemanden gehen, der mir helfen kann."

"Ja, aber wie soll ich dir helfen?"

"Zuerst einmal bin ich hier sicher. Ich glaube nicht, dass der Mörder mich hier sucht. Dann möchte ich mir den Laptop in Ruhe anschauen. Also, was sich darauf befindet. Falls wir da irgendeinen Beweis gegen diese Schweine finden, dann könntest du doch mit deinen Kontakten helfen. Du kennst doch diese Marianne Heinicke ganz gut. Die Staatsanwältin. Oder?"

Daniel nickte:

"Ja, das stimmt. Wir haben schon öfter zusammen gearbeitet. Aber das waren ganz andere Fälle. Es ging nie um Mord oder große Verschwörungen."

"Egal! Auf jeden Fall kann sie uns helfen, wenn wir etwas Handfestes hier auf dem Laptop finden, oder?" fragte Markus laut nach.

"Ja, ja, ist ja gut." beschwichtigte Daniel Markus.

"Entschuldigung, aber ich glaube, das alles ist mir etwas zu viel geworden. Und ich muss ganz einfach Emma rächen." erwiderte Markus. Man konnte ihm die Verzweiflung und Folgen der letzten Ereignisse ansehen.

Daniel nickte verständnisvoll:

"Gut. Ich denke, das ist nur menschlich. Ich bin es einfach nicht gewohnt, dass du nicht voller Kraft und Sicherheit vor mit stehst. Aber, dann lass uns doch einfach mal in den Laptop schauen und hoffen, dass wir etwas finden."

Sie drehten sich mit ihren Stühlen zum Laptop und Markus warf einen Blick auf den Monitor.

Er stutzte.

"Oh, da bin ich aber überrascht. Ich dachte, dass der auch mit einem Passwort geschützt ist." Er zeigte auf den Schirm.

"Nichts, ein ganz normaler Desktop. Sehr schön. Dann wollen wir mal suchen." Er ging die Icons durch, die auf dem Desktop angezeigt wurden.

"Oh, das ist ja interessant." Er zeigte auf einen Ordner. "Der heißt 'Emma'." Er sah Daniel an.

"Dieser Frank scheint wohl davon ausgegangen zu sein, dass nur Emma den Laptop finden würde. Das erleichtert uns die Suche, hoffe ich."

Mit einem Doppelklick öffnete er den Ordner.

Es erschien ein Inhaltsverzeichnis mit einem Word-Dokument und einer Video-Datei. Das Word-Dokument hatte keine Bezeichnung, die Video-Datei hieß nur '1'. Markus holte tief Luft und öffnete das Word-Dokument. Auf dem Schirm sah er ein einziges Blatt, das mit nur ein paar Zeilen beschrieben war. Langsam las er sich durch, was dort stand:

"Hallo Emma! Ich gehe davon aus, dass Du den Schließfachschlüssel und meinen Laptop gefunden hast. Leider bedeutet dies auch, dass mir was passiert ist. Wahrscheinlich haben sie mich gekriegt. Dann liegt es nun an Dir, den letzten Schritt zu machen. Ich wollte erst noch das Treffen mit Klaus Franzen abwarten. Nachdem er Miles Fitzpatrick die eidesstattliche Erklärung gegeben hatte, habe ich ihn kontaktiert und nach weiteren Informationen gefragt. Wir haben ein Treffen ausgemacht, in dem er mir einen glasklaren Beweis für die kriminellen Machenschaften der großen vier inklusive Mord geben wollte. Da Du nun den Laptop hast und diese Zeilen lesen kannst, habe ich es wohl nicht geschafft. Ich habe nur noch einen Wunsch: Vernichte Sie! Zieh sie zur Rechenschaft! Ich denke, dass das Video auch genug bewirken kann! Viele Glück!

Frank."

"Scheiße!" entfuhr es Daniel. "Unfassbar!", er hielt kurz inne und fragte schließlich:

"Was schreibt er da? Ein Treffen mit Klaus Franzen? Wer war das noch mal?"

Markus runzelte die Stirn und überlegte.

"Diese eidesstattliche Erklärung hat doch dieser Barion-Futzi abgegeben, oder? Hieß der Klaus Franzen?"

"google den doch mal." schlug Daniel vor. Markus holte den USB-Stick aus seiner Hosentasche und steckte ihn in den Laptop.

"Ich suche dann den Teil mit der eidesstattlichen Erklärung." Er öffnete die Dateien auf dem Stick und nach ein paar Klicks hatte er das richtige Dokument gefunden.

"Ja, hier steht's. Klaus Franzen, der Barion-Vorstand hat die abgegeben."

"Na super. Also Frank Pohlmeier schreibt doch etwas von einem Treffen, das hat ja wohl nicht stattgefunden. google den Franzen doch mal. Den müssen wir anrufen."

Markus gab Klaus Franzen und Barion bei google ein. Es öffneten sich einige Seiten, als dritten Eintrag konnte er lesen:"Barion-Vorstand tot aufgefunden. Klaus Franzen überlebt Autounfall nicht"

"Nein! Verdammt. Öffne den Artikel bitte."

Markus klickte ihn an und sie lasen den Bericht:

Das Barion-Vorstandsmitglied Klaus Franzen ist am gestrigen Abend mit seinem Auto von der Fahrbahn abgekommen und fuhr frontal in einen Baum am Straßenrand. Er war auf dem Weg zu seinem Haus in Duisburg, als er gegen 21:10 Uhr aus bisher noch ungeklärtem Grund die Kontrolle über sein Auto verlor und ungebremst gegen den Baum fuhr. Laut Angaben der Polizei war er sofort tot. Ob es sich um einen technischen Defekt oder einen Fahrfehler handelte, konnte die Polizei noch nicht sagen. Klaus Franzen war 47 Jahre alt und hinterlässt eine Frau und zwei kleine Kinder.

"Das kann nicht sein. Das ist doch kein Zufall! Wann war das denn?"

Daniel sah auf das Datum."Der Artikel ist vom Montag, den 12. Juli. Also war der Unfall am Sonntag. Wann ist Frank Pohlmeier noch mal gestorben?" wolle Daniel wissen.

Markus dachte kurz nach:" Das war am Montag. Es war mein erster Urlaubstag und ich war ja fast Zeuge des Autounfalls von Frank. Wobei ich mir jetzt absolut sicher bin, dass das kein Unfall mit Fahrerflucht war. Das war Mord! Klaus Franzen wurde auch umgebracht. Frank schreibt doch hier, dass er Klaus Franzen treffen wollte am Montag. Und, oh Zufall, am Sonntag davor rast er vor den Baum! Nee, das haben die gemacht!"

Daniel nickte.

"Ja, das glaube ich allerdings auch. Klaus Franzen, Frank Pohlmeier, Ema Bardtke. Und auch fast du. Das ist echt heftig." Er schloss die Augen und holte tief Luft.

"Egal" sagte er und schüttelte leicht den Kopf. "Die kommen damit nicht durch. Wir machen die fertig! Also, lass uns mal dieses Video anschauen." sagte er bestimmend und voller Tatendrang.

Markus grinste:" Ja, genau deshalb bin ich hier! Du ziehst das mit mir durch, richtig?"

"Absolut."

Mit viel Energie geladen öffnete Markus die Video-Datei.

Das Video zeigte einen Ausschnitt eines Zimmers. Genaugenommen sahen sie eine Wand, vor dem ein Stuhl stand. Auf diesem Stuhl saß ein Mann. Der Stuhl war der Wand zugedreht, sodass sie nur den Rücken des Mannes sahen. Er trug ein dunkelblaues Hemd und eine blaue Jeans. Die Wand war dunkelgrün gestrichen. Der Mann saß in ca. einem Meter Entfernung vor der Kamera.

Plötzlich erschien der Kopf von Frank Pohlmeier. Er schaute in die Kamera und sagte:

"Ich bin hier mit Mr. X. Wir haben vereinbart, dass ich seinen Namen nicht nenne. Mr. X möchte nicht erkannt werden. Nachdem wir diese Aufnahme erstellt haben und sie veröffentlicht wird, werden sie ihn jagen und töten wollen. Daher ist es wichtig, dass wir eine absolute Geheimhaltung einhalten. Ich werde deshalb auch seine Stimme bei der Aufnahme verzerren." Er drehte sich kurz um und fragte:"So, sind Sie bereit? Wir können starten."

Der Mann auf dem Stuhl nickte und sagte:"Ja, es kann losgehen." Seine Stimme war tatsächlich stark verzerrt.

"Gut. Dann wiederholen Sie bitte, was Sie mir schon gesagt haben."

Der Mann hob leicht die Schultern, holte tief Luft, senkte die Schultern wieder und begann.

"Ich habe im Auftrag von Lars Kranz, den damaligen Vorstandsvorsitzenden von Barion, Dieter Bastian und Petra Kelly ermordet.

Als Mitglied eines privaten Sicherheitsunternehmens namens 'Control' wurde mir dieser Auftrag durch meinen damaligen Führungsoffizier, Peter Hittinger, übergeben. Neben der Objektüberwachung und des Personenschutzes von hohen Wirtschaftsbossen haben wir auch solche Aufträge ausgeführt."

"Warum sollten Sie Petra Kelly und Dieter Bastian ermorden?" fragte Frank Pohlmeier.

"Die insbesondere gegen die großen Energiekonzerne gerichtete politische Haltung von Petra Kelly wurde den betroffenen Personen zu gefährlich. Petra Kelly konnte immer mehr durch ihre unterschiedlichen Aktionen auf die Missstände in der Energiepolitik und insbesondere der Atomkonzerne aufmerksam machen und sorgte für eine wachsende Stimmung gegen die Atomkraft in der Bevölkerung. Also wollte man diese Entwicklung durch die Tötung von Petra Kelly beenden."

"Und wieso auch Dieter Bastian?"

"Das war nur als Täuschung gedacht. Wir wollten es wie einen Doppelselbstmord aussehen lassen. Und es hat ja auch funktioniert."

"Aber es wurden doch Spuren gefunden."

"Ja, da haben wir glücklicherweise unsere Kontaktleute bei der Polizei eingesetzt. Alle verdächtigen Spuren wurden vernichtet."

"O.K. Sie sagen also, es war ein Auftragsmord von der Barion. War das der einzige?"

"Zumindest von dem ich etwas weiß. Ich war nur ein Befehlsempfänger. Wenn es da noch andere gab, dann haben dies andere ausgeführt."

"Und warum erzählen Sie dies erst jetzt?"

"Ich bin todkrank. Hab keine drei Monate mehr zu leben. Und dann will man doch reinen Tisch machen. Ich hab keine Familie, also gefährde ich niemanden mit meiner Aussage. Ich will nur meine letzte Zeit in Ruhe und mit einem reinen Gewissen verbringen."

"Vielen Dank für Ihre Aussage."

Damit endete das Video.

10. Kapitel

Hamburg, Rothenbaumchaussee, Aufnahmestudio von HH 1, am gleichen Nachmittag

Auf der roten Couch saßen Birte Lund und Dieter Mohn. Birte Lund war schlank, hatte kurze, blonde Haare und trug eine hellgrüne Bluse zu einer blauen Jeans. Dieter Mohn saß auf der rechten Seite der Couch, er trug ein dunkelblaues Polo-Shirt und eine braune Cordhose. Im Hintergrund stand an der Wand auf einem großen Monitor 'HH1 nachgefragt' Man hörte die Stimme des Aufnahmeleiters:"Drei, zwei eins, und Aufnahme!"

Birte Lund sah direkt in die Kamera und sagte:

"Herzlich willkommen zu 'nachgefragt'. Mein Name ist Birte Lund und unser heutiger Gast ist Dieter Mohn.

Sie zeigte auf ihren Gast.

"Wie immer bei 'nachgefragt' beschäftigen wir uns mit Hamburger Künstlern. Herr Mohn hat vor drei Wochen ein Buch herausgebracht und steht bereits im Rampenlicht der Öffentlichkeit."

Die Kamera schwenkte kurz zu Mohn rüber.

"Herr Mohn, in Ihrem Buch 'Deutschland: Die Armen werden von den Reichen regiert' beschreiben Sie anhand von einigen Beispielen die große Kluft zwischen der Minderheit der vermögenden Bürger und Konzerne und der großen Mehrheit der Menschen, denen es finanziell schlechter geht. Und zeigen auf, dass die Minderheit die Mehrheit nicht nur beeinflusst, sondern ihre Macht auch politisch einsetzt. Bei Dieter Lauch gestern Abend haben Sie das Beispiel der Energiebranche angesprochen. Können Sie dies noch einmal kurz erläutern?"

"Sehr gerne. Ich möchte hier zwei Beispiele nennen, die zeigen, dass die Großen gegenüber den Kleinen bevorteilt werden und dies auch noch seitens der Politik unterstützt wird. Wie wir ja alle wissen, wird der Strom von den Kraftwerken, in denen er produziert wird, zu den Verbrauchern mittels eines Stromnetzes geleitet. Für den Ausbau und der Wartung dieses Stromnetzes sind die Netzbetreiber zuständig. Die Netzbetreiber haben im Vergleich zu der freien Wirtschaft geradezu paradiesische Verhältnisse."

Birte Lund sah ihn erstaunt an und fragte:

" Warum?"

Dieter Mohn grinste:"Nun, es gibt keine Konkurrenz. Jedes Stromnetz, jede Stromleitung gibt es nur einmal, wenn man so will. Das gesamte Stromnetz in Deutschland ist aufgeteilt. Der Kuchen ist verteilt. Die Netzbetreiber, die da sind, wissen genau, es wird keine neuen Netzbetreiber geben. Die machen alles unter sich aus."

"Aber wird das denn nicht vom Bund kontrolliert?"

"Ja, durch die Bundesnetzagentur. Eine staatliche Behörde. Also neutral und unabhängig, wie man meinen sollte. Im Sinne der Bürger. Aber leider haben wir hier folgende Situation: Die Netzbetreiber berechnen selbstverständlich Gebühren für die Nutzung des Stromnetzes. Sie haben also Einnahmen und Ausgaben wie jedes Unternehmen. Allerdings soll der Vorteil ihrer Monopolstellung dadurch begrenzt werden, dass sie laut Gesetz eine maximale Eigenkapitalrendite von 9,05% erwirtschaften dürfen. Dies sind Traumrenditen, wenn man sich mal überlegt, dass man für z.B. zehnjährige Bundesanliehen derzeit nicht mal 1% erhält! Eigentlich sollte die Bundesnetzagentur dafür sorgen, dass diese gesetzlichen Vorgaben marktgerecht sind. Dem ist aber nicht so! Und viel schlimmer ist es, wenn man sich die tatsächlichen Rendite der Netzbetreiber anschaut. Eine Untersuchung, die die Bundesnetzagentur selber in Auftrag gegeben hat, kommt zu dem Ergebnis, dass die Stromnetzbetreiber zwischen 2006 bis 2012 im Schnitt eine Eigenkapitalrendite von 14,4% erwirtschaftet haben!! Der Betreiber Netze BW weist sogar von 2012 bis 2014 eine durchschnittliche Eigenkapitalrendite von 72,3% auf! Das ist unfassbar! Und wer bezahlt das alles? Der Verbraucher natürlich. Die Netzentgelte, also die Gebühren die die Netzbetreiber den Verbrauchern in Rechnung stellen, sind allein in den letzten fünf Jahren um 23% gestiegen! Das bedeutet, dass der Verbraucher die total überhöhten Renditen der Netzbetreiber mit mehreren hundert Millionen Euro zu viel bezahlt. Der Verstoß gegen die Deckelung der Rendite wird nicht geahndet! Also eine Begrenzung ohne Wirkung! Und gestern hat Net-Ten mitgeteilt, dass sie ihre Netzentgelte 2017 um 80% anheben werden!"

"Und die Bundesnetzagentur lässt das alles so laufen? Ich meine, sie sollte dies doch überwachen und bei Bedarf regulieren, oder nicht?"

"Ja klar. Das ist ihre Aufgabe. Und tatsächlich. Jetzt hat sie beschlossen, dass die Rendite von 9,05% auf 5,12% gesenkt wird. Wahnsinn! Aber erst ab 2019. Dabei hätte sie von einem Widerrufrecht Gebrauch machen können, dass sie seit 2011 hat, und somit auch rückwirkend die Rendite anpassen können.

Also hier sieht man sehr gut, dass nicht nur die Verbraucher gegenüber den großen Unternehmen, und das sind die großen Netzbetreiber ja, benachteiligt werden, sondern auch dass dies auch noch von der Regierung, denn die Bundesnetzagentur ist eine staatliche Behörde, unterstützt wird. Hinzu kommt die sogenannte §19Umlage."

"§19-Umlage? Was ist das?"

"Die Netzbetreiber räumen den Großverbrauchern einen Rabatt ein. Also zahlen die insbesondere großen Unternehmen ein geringeres Netzentgelt als alle anderen."

"Aber das machen doch viele Unternehmen. Die Großkunden erhalten günstigere Konditionen als der normale Kunde. Was ist daran so falsch?" fragte Birte Lund nach.

Dieter Mohn grinste.

"Ja, das ist ja nicht schlimm. Aber diesen Rabatt, also dieser Einnahmeausfall, der dadurch entsteht, wird über die §19-Umlage auf die anderen Kunden umgelegt. Das können Sie auf jeder Stromrechnung nachlesen. Da gibt es extra einen Kostenpunkt, der heißt

'§19-Umlage'! Das ist aber nicht das Schlimmste. Ende Juni 2016 hat der Bundesgerichtshof entschieden, dass diese Umlage nicht rechtens ist. Aber anstatt die Berechnung der Umlage zu stoppen, haben die Netzbetreiber einfach schön weiter kassiert. Denn die konnte sich ja auf die Regierung verlassen. Nur einen Monat später hat die Regierung eine neue Verordnungsermächtigung geschaffen und die Berechnung der §19-Umlage zum 01.01.2012 rückwirkend legalisiert! Rückwirkend! Das ist der Skandal!"

"Ist das wahr?"

"Ja."

"Und Sie haben diese Form der - ich nenn sie mal 'Unterstützung'- auch in anderen Branchen gesehen?" fragte Birte Lund leicht ungläubig.

"So ist es. Jeder kennt doch das Problem mit der Rente."

"Ach, ja. Sie meinen die gesetzliche Rentenversicherung?"

"Genau."

"Tja, es ist wohl allen klar, dass die nicht mehr reicht."

"Richtig, und warum?"

"Nun. Ich denke, weil wir zu wenig Kinder haben. Also der demographische Wandel, wie es so schön heißt. Meinen Sie das?"

"Nein. Genau das ist die Schweinerei, die uns aufgetischt wird. Das Rentensystem ist das Problem. Vor Kurzem haben doch endlich auch einige Politiker der Regierung zugegeben, dass die Riester-Rente nicht so funktioniert, wie man sich das erhofft hatte. Das ist natürlich Quatsch! Sie funktioniert perfekt. Allerdings leider nicht für die Versicherten, also für uns Kunden. Für die Privaten Versicherungen ist alles super gelaufen! Sie haben die Riester-Rente ja auch erfunden. Um einen Riesengewinn zu machen."

"Aber heißt die Riester-Rente nicht so, weil der damalige Arbeitsminister, der dafür verantwortlich war und diese entwickelte, Walter Riester hieß?"

"Ja, das stimmt. Nur hat der nur das nachgemacht, was die Versicherungen gefordert hatten."

"Das müssen Sie jetzt bitte erklären."

"Gerne. Also, in den Neunzigerjahren des letzten Jahrtausends haben die Versicherungsgesellschaften festgestellt, dass die Nachfrage nach Lebensversicherungen stark eingebrochen war. Viele kauften damals Aktien und Investmentfonds. Daher mussten sich die Manager der Versicherungen etwas einfallen lassen. Sie wollten die Leute wieder für die private Altersvorsorge gewinnen. Nur war das Problem, dass die gesetzliche Rente eigentlich ganz gut war. Was also tun? Es musste die Regierung helfen. Glücklicherweise kam 1998 Gerd Schröder an die Macht. Das muss jetzt natürlich nichts heißen, aber er war ein sehr guter Freund von Carsten Maschmeyer, Chef der AWD - ein sehr großer Finanzdienstleister. Der wollte natürlich, dass die Bürger wieder mehr privat vorsorgen und die privaten Rentenversicherungen kaufen. Dafür musste man aber erst die gesetzliche Rentenversicherung schlechter machen. Also gründete man das DIA, das Deutsche

Institut für Altersvorsorge. Diese gehörte der Deutschen Bank, dem DWS - eine Investmentfondsgesellschaft der Deutschen Bank und dem Herold, der Lebensversicherung der Deutschen Bank. Die DIA stellte nun fest, dass die gesetzliche Rentenversicherung zu teuer war. Die Leute müssten privat vorsorgen! Schröder wollte auf Nummer sicher gehen, und sich dies durch eine unabhängige Expertenkommission bestätigen lassen. Er wollte sich nicht nachsagen lassen, dass er von irgendjemanden beeinflusst wurde! Es wurde die 'Rürup-Kommission' gegründet. Mit unabhängigen Experten. Z.B. Professor Bert Rürup - der saß unter anderem im Vorstand der AXA und der Gothaer-Versicherung - und auch Professor Dr. Bernd Raffelhüschen - der saß unter anderem im Vorstand von Ergo und Victoria."

"Total unabhängige Kommission." bemerkte Birte Lund.

"Richtig. Und dreimal dürfen Sie raten, was hat diese Expertenkommission beschlossen? Die gesetzliche Rente muss 25% runter! Genau das machte dann auch Schröders Regierung. Dadurch wurde die gesetzliche Rente natürlich schlechter und die Bürger bekamen die Riester-Rente serviert. Zack. Die Privaten Versicherungen waren gerettet! Viele Millionen Gewinne waren sogar dank staatlicher Förderungen garantiert. Erneut wurden Verschlechterungen beschlossen von Menschen, die selber davon nicht betroffen waren. Entweder waren es Politiker oder Beamte, sie erhalten also Pensionen und keine gekürzte gesetzliche Rente! Die Aussage, dass die Riester-Rente nicht so läuft wie geplant, ist leider für die Versicherten richtig. Die niedrigen Zinsen haben dafür gesorgt, dass die hohen Gebühren der Versicherungen nicht ausreichend ausgeglichen wurden und somit die Prognosen der Versicherungen nicht erreicht werden. Es kommen teilweise dramatisch geringere Ablaufleistungen heraus. Und vor Allem ist natürlich der ganze Ansatz völlig falsch. Es wurde immer behauptet, insbesondere von der CDU, das man einfach mehr für seine private Altersvorsorge tun müsse. Um die gekürzte gesetzliche Rente aufzustocken. Dafür sollte dann die staatlich geförderte Riester- und dann auch noch die Rürup -Rente abgeschlossen werden. Doch das

Problem ist, dass diejenigen, die ohnehin schon eine geringe Rente auf Grund ihres geringen Einkommens erhalten werden, einfach nicht das Geld übrig haben, um noch jeden Monat in die private Versicherung einzuzahlen. Also erhalten diese auch nicht die staatliche Förderungen. Die Zielgruppe wird also gar nicht erreicht. Das haben die Politiker einfach nicht gesehen, oder wollten es nicht sehen."

"Und das haben Sie in Ihrem Buch als Beispiel dafür genannt, dass die Reichen die Armen in Deutschland regieren?"

"Richtig. Hier sind mit den Reichen zwar abstrakt die Versicherungen gemeint, aber natürlich insbesondere die Manager dieser Versicherungen und Banken. Die gehören natürlich alle zu den Reichen in Deutschland."

"Da kommen wir wieder zu dem Titel Ihres Buches. Die Reichen und die Armen. Wie ist denn die aktuelle Situation in Deutschland. Sie haben gerade ja schon gesagt, dass wir eine reiche Minderheit mit der Macht und eine eher arme Mehrheit ohne Macht haben. Wie genau sind hier die Verhältnisse?"

"Das mit der Übersicht über die Vermögensverteilung ist etwas schwierig. Bis zum Jahre 1996 gab es eine Vermögenssteuer. Sie wurde auf das private und gewerbliche Netto-Vermögen berechnet und betrug 1%. Seit 1997 gibt es also keine zuverlässige Erhebung der Vermögen in Deutschland. Das bedeutet, dass die Zahlen, die uns vorliegen, alles freiwillige Angaben aufgrund von Umfragen, die meistens von Fachzeitschriften erstellt wurden, waren und somit nicht vollständig sind. Wir gehen davon aus, dass gerade die Supervermögenden nicht alles angeben. Aber dennoch ist es erschreckend. 2013 lag das gesamte Vermögen in Deutschland bei ca. 10 Billionen Euro, ca. 4 Billionen davon waren Immobilien. Dabei besitzen nur 0,1 % der Deutschen ganze 15% des gesamten Vermögens! Nur 1% besitzen 33%. Die reichsten 10% verfügen über ca. 52% des gesamten Vermögens, also knapp 5,2 Billionen. Die 50% ärmsten besitzen hingegen nur 1%. Das an sich ist schon bitter. Aber wenn man sich die Entwicklung anschaut, dann wird es noch schlimmer. 1998 verfügten die reichsten 10% über 45% des gesamten Vermögens. Bis zum Jahre 2013 war das also ein absoluter Zuwachs von ca. 440 Mrd. Euro! Also in 15 Jahren knapp 30 Mrd. pro Jahr. Und die unteren 50% hatten 1998 noch 2,9%, 2013 waren es ja nur noch 1%. Ein Verlust von 131 Mrd. Euro, d.h. ein Verlust von rund 9 Mrd. Euro pro Jahr. Das ist immer damit gemeint, wenn davon gesprochen wird, dass die Schere zwischen Arm und Reich weiter aufgegangen ist. Und an der oberen Spitze dieser Schere befinden sich die drei reichsten Clans mit insgesamt knapp 66 Mrd. Euro. Sie haben mehr Vermögen als die zwanzig Millionen ärmsten Haushalte. Insgesamt fünfzig Deutsche besitzen 1 Mrd. Euro oder mehr. Das Problem ist nach wie vor, dass die Reichen reich bleiben bzw. noch reicher werden. Viele behaupten ja immer noch, dass es schon genügend Umverteilung von unten nach oben gibt. Aber das ist vollkommen falsch. Zum Einen gibt es seit 1997 keine Vermögenssteuer mehr und zum Anderen bleibt das Vermögen wo es ist."

"Aber es gibt doch die Erbschaftsteuer." warf Birte Lund ein.

"Das ist richtig. Aber wenn man sich die aktuelle Erbschaftsteuer anschaut, dann sieht man, dass diese nicht für eine Veränderung sorgt. Über 90 Prozent des Betriebsvermögens in Deutschland befindet sich in den Händen der reichsten 10 Prozent aller Familien. Den Löwenanteil haben die reichsten 1 Prozent. Ein gutes Zehntel aus jeder Generation erbt mehr, als die untere Hälfte der Bevölkerung im ganzen langen Arbeitsleben verdienen kann. Das heißt, wer reich geboren wird, bleibt reich. Wer arm geboren wird, der wird mit großer Wahrscheinlichkeit auch in Armut sterben."

11. Kapitel

Hamburg, HafenCity, Büro von Daniel Limberger

Markus und Daniel sahen sich sprachlos an. Markus war der erste, der es aussprach:

"Das ist der Beweis, den wir gesucht haben! Der Auftragskiller packt aus! Geil!" rief er begeistert.

"Sachte, sachte." wollte Daniel ihn beruhigen. "Das ist zwar schon echt gut, aber natürlich nur eine Aussage. Ein wirklicher Beweis ist das nicht unbedingt. Aber man kann darauf aufbauen. Am besten wäre es, wenn wir diesen Mr. X treffen könnten und ihn ggf. vor Gericht präsentieren können."

"Quatsch!" rief Markus leicht erbost auf. "Wir haben doch seine klare Aussage auf Video! Das müsste doch reichen, um zumindest eine Ermittlung oder so zu erreichen."

"Ja, das ist schon evtl. möglich. Aber vor Gericht wird dieses Video wohl alleine nicht ausreichen. Aber du hast Recht. Es kann ein Beginn sein."

Er sah auf seine Uhr.

"Gut, ich werde erst einmal Marianne anrufen. Ich hoffe, sie hat heute noch Zeit und wir können uns bei ihr reffen."

Er griff nach seinem Telefon und wählte eine Nummer. Nach nur ein paar Sekunden erreichte er die Staatsanwältin. Er sprach kurz mit ihr und legte erfreut auf.

"So, sie hat in knapp zwei Stunden Zeit. Meine kurze Andeutung zum Thema hat sie neugierig gemacht." Er holte einen Zettel vom Schreibtisch und schrieb Markus die Adresse der Staatanwältin auf. Dann übergab er ihn Markus.

"Hier, dort können wir Marianne in zwei Stunden treffen. Du weißt wo das ist?"

Markus lass die Adresse auf dem Zettel und nickte.

"Ja, klar. In zwei Stunden? Das ist gut, dann kann ich erst noch einmal nach Hause fahren und mich frisch machen. Das war heute doch insgesamt etwas viel. Also dann erst einmal danke, dass du mir hilfst und die Staatsanwältin mit ins Boot geholt hast."

Er packte seine Sachen zusammen und stand auf.

"Vielen Dank Daniel," sagte er und gab ihm seine Hand."Ich werde da sein. Danke noch mal."

"Gerne. Alles klar. Bis später." erwiderte Daniel.

Hamburg, Rothenbaumchaussee,

Aufnahmestudio von HH 1

"Können Sie das mit aktuellen Zahlen untermauern?" fragte Birte Lund nach.

"Natürlich. Im Jahr 2013 wurden insgesamt 70 Mrd. Euro vererbt. Hierbei lag das durchschnittliche Erbe bei ca. 530 Millionen Euro. In über 1.300 Erbfällen lag die Erbmasse bei über 5 Millionen Euro. Durch Freibeträge und andere Ausnahmeregelungen wurden aber nur 5,5 Mrd. Euro an Erbschaftssteuer gezahlt! Das sind gerade mal 8%! In den Jahren 2010 bis 2014 wurden sogar 155 Mrd. Euro an Betriebsvermögen erbschaftssteuerfrei vererbt! Das ist die Realität. Also die Reichen halten ihr Vermögen zusammen. Eine Umverteilung von Oben nach Unten findet nicht statt. Wenn man seine finanzielle Situation verändern möchte, ist man auf sein Einkommen angewiesen. Doch leider zeigt die Einkommensverteilung, dass auch hier wieder eine geringe Minderheit den größten Teil des Einkommens erhält. Dieser Umstand verstärkt natürlich die ungleiche Verteilung zwischen Arm und Reich noch weiter".

"Wie zeigt sich das konkret in Zahlen?"

"Schauen wir mal auf die obere Seite der Einkommen. Knapp 25% der Steuerpflichtigen verdienen über 75% des Einkommens. Ganz oben gibt es knapp 15.000 Einkommens-millionäre. Sie verdienen zusammen 41 Mrd. Also auch hier eine große Schere zwischen arm und reich. Die unteren 75% verdienen nur 25% des gesamten Einkommens. Knapp 69% der Steuerpflichtigen haben weniger als 35.000 Euro brutto pro Jahr. Das durchschnittliche Nettoeinkommen pro Monat liegt derzeit bei ca. 1.700 Euro. In Deutschland gilt als Arm, wer weniger als 60% dieses durchschnittlichen Nettoeinkommens erhält. Dies trifft auf 16% zu. Das bedeutet, dass diese 16% über weniger als 1.020 Euro pro Monat verfügen. Und damit kommen wir zum Mindestlohn. Bei einer Wochenarbeitszeit von 37,5 Stunden und einem Mindestlohn von 8,5 Euro erhalten wir ein Nettoeinkommen von 1.040,-- Euro. Der durchschnittliche Existenzbedarf für einen alleinstehenden Erwerbstätigen beträgt jedoch 1.053 Euro und liegt damit um 13 Euro über diesem Gehalt. Der Existenzbedarf setzt sich zusammen aus dem Hartz-IV-Regelsatz von 404 Euro, den durchschnittlichen Kosten der Unterkunft von 349 Euro sowie dem Erwerbstätigenfreibetrag von 300 Euro."

"Das heißt also, dass wenn ich einen Vollzeitjob mit Mindestlohn habe, ich weniger verdiene als der durchschnittliche Hatz IV-Empfänger?" fragte Birte Lund nach.

"Ja, so ist es."

"Das ist ja heftig."

"Genau. Aber das Problem geht noch viel tiefer. Die Rente, bzw. die Rentner. Aktuell erhalten knapp 20% der Rentner, das sind ca. 4 Millionen, weniger als 900 Euro, also weit weniger als die 1.020 Euro, die als Armutsgrenze gilt. Laut aktueller Daten der europäischen Statistikbehörde, Eurostat genannt, sind 5,6 Millionen Menschen über 55 Jahre in Deutschland aktuell von Armut und sozialer Ausgrenzung bedroht. Auch diese Zahl ist gestiegen. Vor Zehn Jahren waren es noch

4,5 Millionen. Und in der Zukunft wird das nicht besser. Denn wer im Bereich des Mindestlohns verdient, der wird auch im Alter arm sein. Laut aktueller Rentenberechnung erhält derjenige, der 11,50 Euro pro Stunde verdient, also 3 Euro mehr als den Mindestlohn, als Rentner gerade mal die Grundsicherung. Diese liegt auf HartIV-Niveau. Man kann also erkennen, dass es zum Einen keine Umverteilung von Oben nach Unten gibt und zum Anderen derjenige, der wenig verdient, aus eigener Kraft so gut wie keine Chance hat, seine finanzielle Lage merklich zu verbessern."

Dieter Mohn stoppte und trank einen Schluck Wasser. Birte Lund starrte ihn fassungslos an.

"Ich muss sagen, das ist wahrhaftig ein düsteres Bild, dass Sie da malen."

"Nein, das ist kein Bild, dass ich male. Das ist die Wahrheit."

"Und was schlagen Sie vor? Ich meine, Sie kritisieren hier die großen Konzerne, die Reichen und die Politiker. Was soll denn geändert werden, Ihrer Meinung nach?"

Dieter Mohn lehnte sich zurück. Dann überlegte er kurz und erwiderte:

"Tja, da gibt es viele Ansätze. Man könnte die Einkommensverteilung in einem Unternehmen angehen. In den 50er Jahren des letzten Jahrhunderts z.B. verdiente der Vorstand eines DAX-Unternehmens noch das 20-fache des Angestellten desselben Unternehmens, der am wenigsten verdiente. Heute liegt es bei dem 200 bis 400-fachen! Aber hier haben die Politiker nur sehr eingeschränkt Handlungsmöglichkeiten. Da sieht es bei dem Vermögen und dem Erbe schon anders aus. Deutschland ist derzeit mit knapp 1,2 Billionen Euro verschuldet. An Zinsen fallen hierfür knapp 25 Mrd. Euro jedes Jahr an. Allerdings sind derzeit die Zinsen auch sehr niedrig. Für 15-jährige Bundesanleihen muss der Anleger sogar aktuell Zinsens zahlen! Also werden die Zinsen in den nächsten Jahren eher steigen als fallen. Auch wenn keine neuen Schulden gemacht werden sollten. Ich hatte ja bereits gesagt, dass mehr als die Hälfte des Vermögens in Deutschland, also knapp 5 Billionen Euro, in den Händen von nur knapp

10% der Reichsten liegt. Wenn diese über 4 Jahre verteilt nur 5 Prozent ihres Vermögens abgeben, dann hätten wir nach 4 Jahren die kompletten Schulden des Bundes abgebaut! Denn vier mal 5 Prozent sind 20%. Und 20% Prozent von 5 Billionen ergeben 1 Billion. Eine einfache Rechnung. Und das würden diese Reichen gar nicht merken. Denn 5 Prozent im Jahr, das ist weniger als sich ihr Vermögen pro Jahr vermehrt! Die hätten also keinen realen Verlust. Und durch den Wegfall der Schulden würden dann jährlich mindestens 25 Mrd. Euro frei, die man einsetzen könnte."

"Wow, das ist ja mal einleuchtend." bemerkte Birte Lund erstaunt.

"Genau. Und zusätzlich könnte man die Erbschaftssteuer angehen. Mein Vorschlag ist einfach und klar: Ab einer Freigrenze von einer Million Euro fallen zwanzig Prozent Erbschaftssteuer an. Egal ob privates Aktienpaket oder Beteiligung an einem Unternehmen. Man hat dann zehn Jahre Zeit, diese Steuerschuld an den Fiskus zu überweisen. Ergebnis: weniger Bürokratie, mehr Gerechtigkeit, weil Ausnahmen und Privilegien wegfallen. Familienbetriebe können weiter investieren, der Staat erhält mehr Einnahmen. Für das Jahr 2013, was ich Ihnen ja erläutert hatte, wären das statt 5,5 Mrd. auf die 70 Mrd. Erbmasse, ca. 12 Mrd. Euro, also knapp 6,5 Mrd. mehr. Langfristig werden das vielleicht um die 10 Mrd. Euro pro Jahr sein. Wenn man jetzt noch die Vermögenssteuer generell einführen würde, dann würde das auch eine Menge bringen. Im Jahre 1996, also das letzte Jahr, in dem die Vermögenssteuer berechnet wurde, betrugen die Einnahmen umgerechnet ca. 4,5 Mrd. Euro. Das ist jetzt 20 Jahre her und das Vermögen ist wie gesagt auch noch angestiegen. Es liegt leider keine aktuelle Schätzung vor, aber ich gehe mal davon aus, dass eine Vermögenssteuer aktuell mindestens 10 Mrd. Euro einbringen würde. Insgesamt wären also ca. 41,5 Mrd. Euro pro Jahr Einnahmen, die sozial gerecht eingesetzt werden könnten."

"Wahnsinn. Ich muss schon sagen, Ihre Überlegungen scheinen wirklich Hand und Fuß zu haben." bemerkte Birte Lund merklich beeindruckt.

"Danke."

"Und wie möchten Sie das Geld nun einsetzen?"

Dieter Mohn nahm einen weiteren Schluck Wasser, überlegte kurz und antwortete:

"Als erstes würde ich die gesetzliche Rente wieder auf das Niveau von 2002 anheben. Durch verschiedene Reformen wurde beschlossen, dass die gesetzliche Rente von knapp 53% des letzen Nettoeinkommens auf 43% im Jahre 2030 sinken wird. Dies würde jährlich ca. 20 Mrd. Euro kosten. Das würde dazu führen, dass die ca. 4 Millionen Rentner, die aktuell max. 900 euro an Rente beziehen, wenigstens das Niveau der Armutsgrenze erhalten. Ebenso würden die künftigen Rentner mehr als die Grundsicherung erhalten. Zweitens würde ich den sozialen Wohnungsbau bzw. generell den staatlichen Wohnungsbau angehen. Derzeit wird gerade mal eine Mrd. Euro in den sozialen Wohnungsbau investiert. Das ist viel zu wenig. Die Zahl der Sozialwohnungen ist von vier Millionen, die es 1987 noch gab, auf aktuell nur noch 1,5 Millionen geschrumpft! Jedes Jahr werden es ca. 100.000 Wohnungen weniger, weil so viele aus der Sozialbindung fallen und zu Marktpreisen vermietet werden, also sie werden teurer. Wenn wir hier z.B. 10 Mrd. investieren, und zwar jedes Jahr, dann würden wir den Menschen mit geringem Einkommen sehr helfen können. Die Kommunen sollten nicht mehr so viele Grundstücke an Wohnungsbau-gesellschaften oder Privatpersonen verkaufen, die diese dann zu teuren Mieten vermieten, sondern diese selber verwalten. Das würde dann auch dazu führen, dass die Mieten nicht ständig steigen. Die vor einem Jahr eingeführte Mietpreisbremse, die die Regierung so gefeiert hat, wirkt nicht. Fast 80% der Vermieter halten sich nicht daran! Das zeigt die neueste Studie. Das Problem ist nämlich, dass das gar nicht kontrolliert wird. Also, je mehr von den Kommunen gebaut und verwaltet wird, desto sicherer können hier die Menschen mit einem geringen Einkommen oder einer geringen

Rente unterstützt werden. Dann wären also ca. 28 Mrd. Euro verplant. Drittens würde ich mehr in die Sozialbetreuung und Bildung investieren. In die Bildung werden derzeit nur ca. 4,5 Mrd. investiert. Dies würde ich verdoppeln und zusätzlich 5 Mrd. in die Sozialbetreuung stecken. Also knapp 10 Mrd. mehr. Den Rest, also ca. 3,5 Mrd. würde ich die Familienförderung stecken. Z.B. Kindergarten und Kita komplett kostenfrei. Diese blödsinnige Erhöhung des Kindergeldes um 2 Euro, die jetzt von Herrn Schäuble geplant ist, ist doch Unfug! Zum Einen bringen 2 Euro echt nichts und zum Anderen erhalten ja auch die Eltern das Kindergeld, die selber genügend verdienen. Also die benötigen das gar nicht. Komplette Geldverschwendung."

Birte Lund sah ihn mit großen Augen an.

"Puh, also wenn Sie Politiker wären, ich würde Sie wählen."

Dieter Mohn lächelte sie an:

"Danke. Aber leider sind dies natürlich nicht Überlegungen, die ich alleine habe. Teile davon werden ja schon gefordert. Leider sind die Politiker, die diese Forderungen benennen aber nicht an der Macht bzw. können sich nicht durchsetzen."

Birte Lund sah auf die Uhr.

"Mensch, jetzt ist die Zeit aber schnell vergangen! Leider ist unsere Sendezeit jetzt auch schon vorbei. Herr Mohn, ich bedanke mich sehr herzlich für Ihren Besuch. Und ich hoffe, dass Sie viele Menschen für Ihr Buch und auch für Ihre Ideen begeistern können."

"Danke."

Hamburg, Wohnung von Markus Funk

Markus war immer noch leicht geschafft. Was er auf dem Laptop gesehen hatte ,war doch schlimmer, als er gedacht hatte. Es war tatsächlich ein Auftragskiller von der Energiewirtschaft beauftragt worden! Das sieht man doch sonst nur im Fernseher. Er schüttelte den Kopf, als er seine Tür aufschloss und den Flur betrat. Er drehte sich um, drückte die Tür zu und war noch ganz in Gedanken, als er plötzlich von hinten gepackt wurde und er einen kleinen Stich im Hals spürte. Sofort wurde ihm schwarz vor Augen.

Als Markus wieder wach wurde, öffnete er vorsichtig die Augen.

"Ah, Sie sind wach. Das ist gut."

Markus saß auf einem Stuhl, seine Hände waren mit Plastikschnüren gefesselt. Ein Seil, das um seinen Oberkörper und seine Beine geschlungen war, fixierte ihn an den Stuhl, auf dem er saß. Er hatte leichte Kopfschmerzen. Als er die Augen ganz geöffnet hatte, konnte er einen Mann erkennen. Der Mann war ganz in schwarz gekleidet, und grinste ihn an.

"Guten Tag."

"Wer sind Sie?" fragte er ängstlich und ruckelte an seinen Fesseln.

"Keine Chance. Sie brauchen gar nicht versuchen, sich zu befreien. Mein Name ist egal, Sie müssen nur eins wissen: Sie sind bereits tot!"

Markus schluckte:"Was?"

"Ja, tot. Also es ist eigentlich nur noch eine Frage offen: Wie lange dauert es, bis Sie tot sind und wie schmerzhaft wird es sein? Das liegt ganz alleine bei Ihnen. Wenn Sie meine Fragen richtig und zufriedenstellend beantworten, dann verspreche ich Ihnen ,dass Sie keine Schmerzen spüren werden."

Hamburg, Büro der Staatsanwältin

Daniel und Marianne Heinicke standen sich in ihrem Büro gegenüber. Das Büro war schlicht eingerichtet. An den Wänden hingen keine Bilder. An der östlichen und südlichen Wand befanden sich Buchenholzregale, die mit Büchern und Aktenordnern komplett gefüllt waren. An der Fensterfront stand ein Schreibtisch, ebenfalls aus Holz, aber aus Mahagoniholz. Auf dem Schreibtisch stand ein Monitor, ein Telefon und ein paar der üblichen Schreibtischutensilien. Auf dem Stuhl saß niemand. Die Staatsanwältin Marianne Heinicke und Daniel Limberger standen vor dem Schreibtisch, beide hatten ein Glas Wasser in der Hand. Daniel konnte man seine Nervosität ansehen. Er sah erneut auf die Uhr, die an der Wand hing.

"Ich versteh das nicht. Markus ist doch sonst immer pünktlich. Jetzt warten wir hier schon knapp 30 Minuten und er ist immer noch nicht das. Ich versuch es noch mal auf seinem Handy."

Er holte sein Handy aus seiner Hosentasche, rief Markus an und hielt sich das Handy an sein Ohr. Er wartete . Doch schließlich nahm er es wieder vom Ohr und tippte darauf.

"Mensch, was ist nur los? Er geht immer noch nicht ran. Das glaub ich nicht. Da muss etwas passiert sein." sagte er merklich besorgt.

"Tja," bemerkte die Staatsanwältin. "wenn er nicht kommt, dann haben wir ein Problem."

Daniel sah sie verwirrt an:"Wieso?"

"Keine Beweise. Er hat doch alles mitgenommen, wie du sagtest. Den Laptop mit dem Video und den Stick. Also ohne Unterlagen oder dieses Video können wir gar nichts machen."

"Scheiße!"

Hamburg, Klövensteen

Der Mann stand wieder an derselben Stelle, wo er sein letztes Opfer begraben hatte. Nun lag Markus Funk in der Grube. Sein Gesicht und sein Oberkörper waren schon mit Erde bedeckt, doch konnte man seine Hände noch sehen. Es wurden die Fingernägel von seinem linken Daumen und seinem linken Zeigefinger entfernt. Getrocknetes Blut bedeckte Teile der Hand. Der Mann unterbrach die 'Beerdigung' und holte sein Handy hervor. Er tippte eine Nummer und wartete.

"Ja?"

"Ich bin's."

"Haben Sie alles erledigt?"

"Fast. Ich habe den Laptop von Pohlmeier und seinen USB-Stick. Alle Beweise sind hier bei mir."

"Gut. Und Zeugen?"

Der Mann grinste leicht und schaute in die Grube.

"Alle beseitigt."

"Alle?"

"Achso, Mertens werde ich noch besuchen."

"Gut. Wie immer erledigen Sie ihre Aufgabe zu meiner Zufriedenheit. Bringen Sie dann Morgen nach Abschluss ihrer Arbeit alles zu der bekannten Stelle. "

"Sehr wohl."

"Das Geld wird dort für Sie bereits liegen.

"Vielen Dank. Gute Nacht."

12. Kapitel

Hamburg, Poppenbüttel, Wohnung von Dieter Mohn, Mittwoch, den 14. Juli 2016

Dieter Mohn und seine Frau Simone saßen am Frühstückstisch. Der Fernseher war angeschaltet, es lief Hamburg 1, das Frühstücksfernsehen. Simone Mohn war ca. 42 Jahre alt, schlank, hatte kurze, blonde glatte Haare und trug ein dunkelbraunes Kostüm. Gerade als Dieter Mohn einen Schluck Kaffee nehmen wollte, sah er die Nachricht auf dem Schirm: Ein junger Reporter war zu sehen. Im Hintergrund konnte man ein Einfamilienhaus erkennen, aus deren Haustür ein Polizist kam.

Der Reporter berichtete:

"Heute Morgen um kurz nach Sechs Uhr konnte der herbeigerufene Arzt nur noch den Tod von Thomas Mertens feststellen. Seine

Frau rief den Notarzt, nachdem sie ihren Mann leblos im Wohnzimmer entdeckte. Laut Angaben des Arztes konnte er nur noch den Herztod feststellen. Man geht von einem Herzinfarkt aus. Seine Frau allerdings war fassungslos, da Herr Mertens kerngesund war. Der Notarzt sowie die Polizei konnten bisher keine Fremdeinwirkung nachweisen, sodass man Stand jetzt von einer natürlichen Todesursache ausgeht. Thomas Mertens war 53 Jahre alt, er war Inhaber und Geschäftsführer des Hamburger Energiedienstleister 'Energie Service'."

Dieter Mohn schluckte.

"Scheiße. Das gibt's doch nicht. Dann haben die ihn doch noch gekriegt."

Seine Frau sah ihn fragend an:

"Was meinst du damit?"

Dieter Mohn seufzte.

"Ich hab dir doch erzählt, dass ich Herrn Mertens nach der Sendung bei Lauch noch gesprochen habe. Wir haben in der Kneipe ein Bier getrunken. Wir haben uns echt gut verstanden. Genau wie ich weiß er, dass die

Großkonzerne und die Reichen zu viel Macht haben und uns ausbeuten. Er fand mein Buch gut. Ja, er hat es tatsächlich gelesen! Er teilte meine Ansichten zu 100%. Das war geil. Was ich echt super finde, er handelt. Er versucht auf seinem Wege, die Großen zu ärgern und uns kleinen Bürger zu helfen. Natürlich nur in seiner Branche. Der Energiebranche. Aber das ist doch schon eine super Sache."

"Ja, und wieso meinst du dann, dass sie ihn gekriegt haben?" fragte seine Frau nach.

"Naja, Herr Mertens sagte mir, und ich glaube in der Sendung erwähnte er es auch ganz kurz, dass die Großkonzerne irgend ein schiefes Ding gedreht haben. Oder generell kriminell sind. Er erwähnte auch etwas von Korruption, also bzgl. der Politik. Und dass er wohl was wüsste, oder etwas in der Hand gegen die hätte. Keine Ahnung. Er ist da nicht so ins Detail gegangen."

"Und du glaubst, dass diese Konzerne ihn jetzt umgebracht haben?"

Dieter Mohn nickte langsam.

"Vielleicht. Ich weiß nicht. Auf jeden Fall finde ich es doch merkwürdig, dass er so mir nichts dir nichts einen Herzinfarkt bekommt. Er war doch in der Kneipe total fit. Und seine Frau sagte auch, dass er gesund sei." Er schüttelte den Kopf. "Egal, ich kann nur sagen, dass es echt nicht leicht ist, seine Ideen gegen die Großen, Mächtigen umzusetzen."

Simone Mohn lächelte ihn an.

"Aber du willst doch deine Ideen jetzt nicht begraben, oder?"

"Nein, auf keinen Fall. Ich habe ja gestern auch wieder sehr gute Reaktionen auf meinen Auftritt bei Birte Lund bekommen." Er zog sein Tablet zu sich und zeigte ihr das aufgerufene Bild.

"Hier, sieh selber. Meine facebook-Seite wurde alleine in den letzten Zehn Stunden 654 Mal angeklickt." Er tippte etwas ein. "Und mein   e-book 121 mal bestellt. Das ist doch super!"

Simone sah ihn bewundernd an.

"Genau! Wir müssen deine Ideen noch viel mehr veröffentlichen. facebook, twitter, dein blog. Wir nutzen alle Medien, damit wir den Leuten klar machen, wie wir die Situation in Deutschland ändern können. Wenn die bescheuerten Großkonzerne nur Gewalt kennen, wir nicht! Wir nutzen deine Worte! Es wird wahrscheinlich länger dauern, aber ich bin mir sicher, wenn wir dran bleiben, dann werden die Menschen erkennen, dass wir die soziale Ungerechtigkeit nur beheben können, wenn wir den friedlichen Weg gehen. Je mehr Leute deinen blog lesen und dann auch dein Buch, desto mehr Leute werden hoffentlich nachdenklich und versuchen auch was in ihrem Umfeld zu verändern. Dann werden auch irgendwann mehr Politiker wach und mutiger. Und bald können wir dann hier in Deutschland den großen, mächtigen Konzernen und Reichen Paroli bieten. "

Dieter Mohn stand auf und umarmte sie. Dann nahm er ihr Gesicht in seine Hände, sah ihr tief in die Augen und gab ihr einen Kuß auf die Stirn. Liebevoll sagte er ihr: "Ich liebe dich."

Über den Autor

Will Helmson wurde 1971 in Münster geboren und wohnt heute mit seiner Frau in Quickborn.

Durch seine derzeitige berufliche Tätigkeit erhielt er einen tiefen Einblick in die Energiewirtschaft. Mit diesem Buch möchte er auf die Komplexität der Energiewirtschaft sowie die Wichtigkeit der Energiewende hinweisen.

Sein erstes Buch "Die geheimnisvolle Erbschaft" wurde im Jahre 2015 veröffentlicht.

Georg Becker aus Hamburg erbt von seiner Tante Maria aus
Mexiko ein Haus und einen Expeditionsbericht. Dieser Bericht
wurde von ihrem Vorfahr Raul Hernandez im Jahre 1527 ge-
schrieben und über die Jahrhunderte in der Familie Hernandez
weitergegeben. Georg erkennt die Brisanz des Inhalts und be-
schließt, diesen Inhalt zu prüfen. Hierzu geht er mit Professor
Marquez, einem Museumsdirektor aus Mérida, in Mexiko auf
Spurensuche. Während dieser Spurensuche stößt er auf
Hinweise, die eine Verbindung zwischen dem Gott der Maya
Quetzalcoatl und Atlantis vermuten lassen.

ISBN: 978-3-7375-6820-3

Zeitfracht Medien GmbH
Ferdinand-Jühlke-Straße 7
99095 Erfurt, Deutschland
produktsicherheit@kolibri360.de